August von Kotzebue

Bruder Moritz, der Sonderling oder die Kolonie für die Pelew-Inseln

Lustspiel in drei Aufzügen

August von Kotzebue

Bruder Moritz, der Sonderling oder die Kolonie für die Pelew-Inseln
Lustspiel in drei Aufzügen

ISBN/EAN: 9783742890504

Hergestellt in Europa, USA, Kanada, Australien, Japan

Cover: Foto ©Andreas Hilbeck / pixelio.de

Manufactured and distributed by brebook publishing software (www.brebook.com)

August von Kotzebue

Bruder Moritz, der Sonderling oder die Kolonie für die Pelew-Inseln

Bruder Moritz,

der Sonderling

oder

die Colonie für die Pelew-Inseln

Lustspiel in drei Aufzügen

von

August von Kotzebue.

Nach der ächten Originalausgabe.

Frankfurt und Leipzig
1791.

Personen.

Moritz Elbingen.

Euphrosine, seine alte Tante.

Julchen,
Pettchen, } seine Schwestern.

Omar, ein junger Araber, sein Freund und Bedienter.

Marie, Kammermädchen.

Wilhelm von Moll, Assessor bei einem Justizkollegium.

Lieutenant Dietrich von Moll, ein Invalide, mit einem Stelzfuß, Wilhelms Bruder.

Kammerherr Graf von Stierenbock.

Schiffer Thoms.

Karg, ein Schriftsteller unserer Zeit.

Ein Kind.

Erster Aufzug.

(Das Stück spielt in einer Seestadt. Der Schauplatz, welcher unverändert bleibt, ist ein grüner Platz. Im Hintergrunde ein Garten mit Staketen umgeben, dessen Thür auf die Bühne geht. Zu beiden Seiten einige Rasenbänke. Im Vordergrunde links und rechts die Bildsäulen Amors und der Diana. Ganz in der Ferne ragt ein schönes Haus über die Bäume hervor.)

Erster Auftritt.

Karg. (allein, er sitzt auf einer Rasenbank mit Schreibtafel und Bleifeder in der Hand. Er sinnt, schreibt nieder, schüttelt den Kopf, streicht aus, sinnt wieder.)

Nur erst den Titel! das Buch soll wohl nachkommen. Ein Buch schreiben ist keine Kunst. Auf drei, vierhundert Seiten allerlei zu Markte tragen, was den Käufer reizt, ei wer kann das nicht? Aber einen Titel erfinden, der ohne alle fremde Beihülfe das Buch verkaufe, einen Titel, der die Eßlust wecke, wenn man gleich noch nicht weiß, ob Kartoffeln oder Fasanen auf dem Tische stehen werden, einen Titel, der aus einem, höchstens zwei Worten bestehe, und doch zu hundert Büchern passe, das ist das Meisterstück der heutigen Schriftstellerzunft, und Gott sei Dank! in Titeln nehm ich es mit jedem auf, meine Verleger stehn sich gut dabei. Nur diesesmal will es mir nicht gelingen. Der Gegenstand ist wichtig, aber eben deßhalb liest Niemand das Buch, wenn der Titel nicht neu und auffallend ist (nachsinnend) „Vom Ursprung des Uebels" — das kauft Niemand. „Die Quelle des Bösen" — das liest Niemand. „Die trübe Quelle" — das gienge schon eher an. „Pandorens Büchse" — das ist schon abgenutzt — (sich vor die Stirn schlagend) Halt! ich habe es! ein elektrischer Funke! „Teufel!" soll das Buch heißen. Teufel! und nicht eine Silbe mehr. Ein Gegenstück zu Herders Gott. (Er schreibt) Ein guter Engel hat mir da den Teufel zugeflüstert. Das Buch wird reißend abgehen, ich wette, der Teufel erlebt seine drei Auflagen.

Zweiter Auftritt.

Omar. Karg.

Omar. (trägt einen Tisch aus dem Garten und setzt ihn vor die eine Rasenbank.)

Karg. Guten Morgen, guten Morgen, Herr Omar. So früh aus den Federn? Was soll's denn hier geben?

Omar. Man will im Grünen frühstücken.

Karg. Ei, ei, der Einfall ist nicht übel, ein recht poetischer Einfall. Ich bin auch noch nüchtern, ich werde hier bleiben.

Omar.

Omar. Nach Belieben, hier ist es kühl, der Schatten ist einladend. Das Haus dort — nehme er mirs nicht übel Herr! aufs Bauen versteht er sich nicht. Das Haus ist wie eine Laterne, in allen Zimmern wird man von der Sonne gebraten. Lieber wollt' ich für ein arabisches Zelt doppelte Miethe geben, als die einfache für ein solches Treibhaus.

Karg. Guter Freund, ich habe das Haus nicht gebauet.

Omar. So hätte er es nicht kaufen sollen.

Karg. Ich habe es auch nicht gekauft. Es ist ein Erbstück von meinem Vater.

Omar. Wär sein Vater auch ein Schriftsteller?

Karg. Ach du lieber Gott! nein! er war ein Strumpffabrikant.

Omar. Welches Handwerk trägt mehr ein? Die Schriftstellerei oder das Strumpffabriziren?

Karg. Ach leider! das Strumpffabriziren. Doch nur in baarem Gelde, nicht in Ruhm und Ehre. In den Zimmern, die ich nun vermiethe, bin ich groß gezogen worden.

Omar. Und seine Zimmer unter dem Dache?

Karg. Bewohnten damals meines Vaters Lehrbursche. Die Welt ist ungerecht, blind —

Omar. Ach nein, sie sieht mit hellen Augen. Strümpfe sind nothwendig, Bücher entbehrlich, so denkt die Welt.

Karg. Und hat Unrecht.

Omar.

Omar. Und hat Recht. (Er geht ab und zu, hohlt Tassen, Theemaschine u. s. w.)

Karg. (ihm nachrufend) Aber die Ehre! die Ehre! doch was weiß ein Araber von der Ehre. Freilich wohne ich nur unter dem Dache, aber mein Name wohnt in Palästen. Freilich sind meine Mahlzeiten nur pythagorisch, aber mein Name ist Salz und Würze auf den Tafeln der Großen. (zu Omar, der indessen zurückkam und um den Tisch beschäftiget ist) Trete Er doch näher guter Freund, laß' Er uns ein wenig plaudern. Es ist noch früh, die Herrschaft liegt im süßen Morgenschlummer. Ich will Ihm ein Projekt mittheilen, wie Er auf einmal durch ganz Europa berühmt werden kann.

Omar. Berühmt? Ich will nicht berühmt werden.

Karg. Hör' Er nur. Ein Projekt, dessen Ausführung Ihm federleicht werden kann. Ich trage schon lange den Gedanken mit mir herum, eine Beschreibung von Egypten herauszugeben, weil Savary und Pocoke, und Volney, und wie sie alle heißen, nicht vollständig genug sind.

Omar. Ist Er denn in Egypten gewesen?

Karg. Nein.

Omar. Und will es beschreiben?

Karg. Warum nicht? und Er soll mir helfen. Egypten ist Sein Vaterland. Er kann mir wichtige Aufschlüsse geben, und ich werde Seinen Namen dankbarlich drucken lassen.

Omar. Sehr verbunden.

Karg.

Karg. Auch könnte man wohl gar in einem Anhang Seine Reisen auftischen. Das Publikum liebt die Reisebeschreibungen.

Omar. Das mögte wohl schwerlich der Mühe werth seyn.

Karg. Ei warum nicht? Heut zu Tage ist alles der Mühe werth. Und so viel ich weiß, hat er mit Seinem Herrn die halbe Welt durchstrichen?

Omar. So ungefähr.

Karg. Und eine Menge Abentheuer erlebt?

Omar. O ja.

Karg. Vielleicht gar einmal Schiffbruch erlitten?

Omar. Nein, das nicht.

Karg. Oder eine neue Insel in der Südsee entdeckt?

Omar. Das auch nicht.

Karg. Aber sage er mir doch, wie ist denn Sein Herr zu dem großen Reichthum gelangt?

Omar. Ist mein Herr reich?

Karg. Ei freilich, wie ein spanisches Registerschiff. Man weiß ja wohl, welch ein kümmerliches Leben seine beiden Schwestern und die alte Tante vor seiner Ankunft führten. In dem Häringsgäßchen haben sie gewohnt, in einem elenden engen Stübchen, da haben sie Tag und Nacht sich die zarten Fingerchen wund genäht, um des lieben täglichen Brodes willen. Aber kaum erscheint der Herr Bruder — wie durch einen Zauberstab verwandelt sich die kleine Hütte im Häringsgäßchen in dieses prächtige Landhaus, Walle wird gegen Seibe vertauscht, Diamanten treten in die Stelle von Glasperlen. Die ganze Stadt sperrt die Augen auf und erschöpft sich in Muthmaßungen —

Omar. Die armen kleinen Menschen!

Karg. Nun, nun, eine erlaubte Wißbegierde — ich selbst muß gestehn, daß ich wohl zu erfahren wünschte — hat Sein Herr vielleicht in den egyptischen Pyramiden das Grab eines alten Königs geplündert?

Omar. Nein.

Karg. Oder unter den Ruinen von Palmyra einen Schatz gegraben?

Omar. Auch nicht.

Karg. Oder Goldkörner aus dem Nilschlamm gewaschen?

Omar. Auch nicht. Ich will Ihm das Geheimniß mit zwei Worten aufklären: Mein Herr ist ein Wucherer.

Karg. Ein Wucherer? So sieht er mir nicht aus.

Omar. Die Natur hat mit zwei großen Schätzen ihn ausgestattet, den einen trägt er hier (aufs Herz deutend), den andern hier (auf den Kopf). Dieser (aufs Herz) hat ihm tausend Herzen erworben, und dieser (auf den Kopf) hat ihm den Beutel gefüllt. Versteht Er mich?

Karg. (lächelnd aber unbefriedigt) Ja, ja, das ist recht artig gesagt, das läßt sich einmal in einem Buche anbringen, nur Schade, daß es nicht wahrscheinlich ist. Das Herz, mein guter Freund, gilt in baarer Münze nicht einen blutigen Heller, und

und der Kopf — ach du lieber Gott! jedes andere Glied wird besser bezahlt, als der Kopf.

Omar. Das ist nicht wahr! und wäre es — nun so hat die Natur auch hier nicht unbillig gehandelt, denn Kopf und Herz bezahlen sich selbst, mit einer Münze, welche kein Fürst schlagen kann: mit dem Gefühl ihres Werths.

Dritter Auftritt.

Julchen. Nettchen. Vorige.

(Schon in der Ferne hört man Nettchens Stimme im Garten; sie trällert aus Erwin und Elmire, mit vollen Athemzügen sang ich Natur aus dir u. s. w.)

Omar. (wird unruhig) Nettchen kömmt!

Julchen und Nettchen (treten Arm in Arm auf).

Nettchen. (auf den Theetisch zeigend) Sieh da! wir leben wie in der guten alten Feenzeit. Tisch, decke dich! Ein Schlag der Zauberruthe, und alles steht fertig.

Julchen. Guten Morgen, Omar.

Nettchen. Guten Morgen, Omar.

Omar. Guten Morgen, schöne Mädchen.

Nettchen. (gen Himmel sehend) Guten Morgen, liebe Sonne!

Julchen. (Karg erblickend) Auch unser Herr Hauswirth. (Sie macht ihm einen Knix)

Nettchen. Von Phöbus hinab zu seinem Zögling (zu Karg) Sohn des Olymps — (sie macht ihm eine tiefe Verbeugung.)

A 5   Karg.

Nettchen. (ihm die Hand hinhaltend) Da! Sind Sie nun begeistert?

Karg. Ja — aber — (mit einem Blick auf den Theetisch, sehr höflich) Ich habe noch nicht gefrühstückt.

Nettchen. (lachend) Langen Sie zu.

Karg. (der sich so etwas nicht zweimal sagen läßt) Nur eine Minute dem Körper, dann steht mein Geist ganz zu Befehl. (Er geht an den Tisch, schenkt sich ein, stopft Butterbrod in den Mund, u. s. f. Die Damen, welche unterdessen ein anderes Gespräch anknüpfen, bekümmern sich nicht weiter um ihn, und werden es nicht einmal gewahr, als er nach einigen fruchtlosen Verbeugungen davon schleicht.)

Vierter Auftritt.

Julchen. Nettchen. Omar.

Nettchen. Schwesterchen, er wird uns alles rein aufessen.

Julchen. Laß ihn, ich habe keinen Hunger.

Nettchen. Aber ich.

Julchen. (zu Omar) Ist mein Bruder aufgestanden?

Omar. Schon seit zwei Stunden beißt er sich mit der alten Tante herum.

Nettchen. Wedwegen?

Omar. Sie will den Glanz ihres Hauses wieder herstellen, sie will Kammermädchen, Läufer, Thürhüter, Equipage; und Moritz antwortet ihr immer ganz trocken: „wie Du willst, liebe Tante,

„be-

„besolde die Leute nur nicht von meinem Gelde." Sie huſtet ſich halb todt, um ihm die Nothwendigkeit zu beweiſen, er lacht und ſchüttelt den Kopf.

Julchen. Recht gut, wenn er lacht, aber die Tante wird ſo lange fordern und begehren, bis der gute Moritz des Gebens überdrüßig werden wird. Das iſt undankbar. Sie vergißt, was wir waren, und was wir durch ihn ſind.

Nettchen. Aber das Kammermädchen darf er uns nicht abſchlagen. Du haſt ſie geſehen, das ſanfte ſchwermüthige Geſchöpf.

Julchen. Geſehen und geliebt im erſten Augenblicke.

Nettchen. Wir brauchen keine Bedienung, aber ſie braucht eine Herrſchaft. Aus dieſem Geſichtspunkt muß man dem Bruder die Sache vorſtellen. O die Männer müſſen thun, was wir haben wollen, wenn wir's nur immer am rechten Ende anfaſſen.

Omar. Und die Natur hat für das rechte Ende euch einen ſo feinen Sinn gegeben, daß ihr es ſelten verfehlt.

Nettchen. Woher weißt Du denn das, krauskopfiger Araber?

Omar. Bin ich nicht die halbe Welt durchreißt? Die Mädchen und die Pfaffen gleichen ſich überall.

Nettchen. Auch unter euren herumſchweifenden Horden?

Omar. Auch da.

Nett-

Nettchen. O beschreibe mir ein wenig eure Schönheiten. Wie muß ein Mädchen aussehn, um solchen wilden Menschen die Köpfe zu verrücken?

Omar. Sie muß schwarze Augen haben, groß und sanft, wie die Augen einer Gazelle, überwölbt von zwei Bogen von Ebenholz. Sie muß schlank seyn wie eine Lanze. Sie muß leicht einhertreten, wie ein junges Füllen. Ihre Lippen färbt sie blau und ihre Nägel goldfarbig. Ihr Busen gleicht einem paar Granatäpfeln, und ihre Worte sind süßer als Honig.

Nettchen. Die Lippen blau?

Julchen. Und die Nägel goldfarbig?

Nettchen. O über den armseligen Geschmack!

Omar. Das nämliche sagen meine Landsleute von euch.

Nettchen. Deine Landsleute sind Narren, die besser mit einer Säbelklinge umzugehen wissen, als mit einer Purpurlippe.

Omar. Du mußt ihnen verzeihen. Sie sahen Nettchen nie.

Nettchen. Ei der tausend! Das war ein hübsches Kompliment. Aber Du hast vergessen, daß Julchen auch hier ist.

Omar. Was vergißt man nicht bei Dir!

Nettchen. Immer besser!

Omar. Vaterland und Eltern, alles könnt' ich um Deinetwillen vergessen.

Nettchen. (verlegen) Willst Du nicht meinen Bruder rufen? sag' ihm, daß uns hungert — daß wir auf ihn warten —

Omar.

Omar. Ja, ja, ich gehe — Du willst mich los seyn — ich habe vielleicht dummes Zeug geschwatzt — vergieb mir! (Er drückt ihr im Vorübergehn die Hand und entfernt sich.)

Fünfter Auftritt.

Nettchen. Julchen.

Nettchen. (etwas bewegt) Wie der Bube die Hand zu drücken versteht, als habe er von Jugend auf nichts anders gethan.

Julchen. Ich wünsche Dir Glück zu der Eroberung.

Nettchen. (lachend) Ja doch! der Bediente meines Bruders.

Julchen. So nennt er sich selbst, aber nennt auch Moritz ihn so?

Nettchen. Laß mich zufrieden, verdirb mir meine Laune nicht. (Sie wendet sich zu Dianens Bildsäule) Keusche Diana! überziehe mein Herz mit einer Eisrinde, die kein verliebter Blick zu schmelzen vermöge! Und kannst Du das nicht, nun so schlage die Männer mit Blindheit, daß sie meine Reize nicht sehen.

Julchen. Oder mache sie minder unbeständig.

Nettchen. Oder vertilge sie ganz von der Erde! ja, Julchen, das wäre das Beste. Die Herren bilden sich ein, man könne nicht ohne sie leben, sie schreiben in dicken Büchern, die Geschichte te der Amazonen sei eine Fabel; Eitelkeit! jämmerliche Eitelkeit! sie ärgern sich, daß es Weiber gab, welche Muth genug hatten, allenfalls die rechte Brust aufzuopfern, wenn es darauf ankam, einem seufzenden Liebhaber den Kopf zu spalten.

Julchen. Glückliches Nettchen! mit Deiner immer gleichen Laune.

Nettchen. Sprich lieber: gesundes Nettchen! Ich bin gesund, wie ein Fisch; nichts stockt in mir, kein träge schleichendes Blut, alles läuft immer rasch! rasch! rasch durch einander! Mein Körper hat immer irgend ein kleines Bedürfniß und wäre es auch weiter nichts, als daß mir einmal die Lust ankömmt zu hüpfen. (Sie hüpft) Sieh, so steht meine Seele unter dem Pantoffel, sie darf nicht Grillen fangen, wenn sie auch wollte. Bei Dir hingegen ist es umgekehrt. Der ehrwürdige Geist führt den Scepter, und erlaubt Deinem Körper kaum sich satt zu essen. Folge mir, Schwesterchen, wirf den räthselhaften Wilhelm zur Thür Deines Herzens hinaus, schließ zu und laß ihn pochen, und rufe durchs Schlüsselloch: es ist Niemand zu Hause!

Julchen. Kann ich das? Ist meine Liebe nicht ein Theil meines Lebens geworden? Ach Nettchen! was hab' ich ihm gethan? Warum meidet er mich seit meines Bruders Ankunft? Warum stottert er mir nichtsbedeutende Höflichkeiten? Ich bin ihm treu! wahrhaftig ich bin ihm treu! mein Herz macht mir keinen Vorwurf. Woher denn diese plötzliche Verwandlung?

Nett-

Nettchen. Diese Frage haſt du ſchon hundert‑
mal an mich gethan, und hundertmal hab' ich Dir
geantwortet: ich weiß es nicht. Wer vermag die
Männer zu ergründen! Glaube mir, dieſe ſeltſa‑
men Geſchöpfe wiſſen ſelbſt nicht was ſie wollen.

Julchen. Wenn ich noch an den letzten Abend
denke — es war zwei Tage vor meines Bruders
Rückkunft — welche lieblichen Schlöſſer wir da in
die Luft bauten, wie wir im Geiſt ſchon dem Lei‑
chenbegängniß des alten heftiſchen Raths beiwohn‑
ten, der ſeiner Beförderung noch im Wege ſteht, wie
wir dann ſeine Enkünfte berechneten, unſre häuß‑
lichen Einrichtungen machten, und er mir lächelnd
verſprach, den Verdienſt ſeiner Mahlerei mir zum
Nadelgelde aufzuſetzen — ach! es war ein ſchöner
Traum! was hab' ich ihm gethan? —

Nettchen. Auch ein ſchöner Traum iſt Dan‑
kes werth. Und liebes Julchen! was wären wir
ohne ſolche Träume? Nimm uns den Genuß der
Phantaſie, o wie arm läßt uns die Würklichkeit!
Sieh da, ich fange an zu philoſophiren; ich ſpreche
in Sentenzen wie lange wird es währen, ſo ſchreibe
ich ein Buch.

Julchen. Ach! was hab' ich ihm gethan?

Nettchen (um ſich blickend). St' — frag ihn
ſelbſt, er kömmt.

Julchen (erſchrocken). Er kömmt? Wer?

Nettchen. Wilhelm Moll. Dort ſchleicht er
am Bache herunter — ſieh jetzt geht er den Fuß‑
ſteig über die Wieſe — jetzt ſteht er bei der großen

B   Pap‑

Pappel — er scheint unentschlossen aber ich verwette mein Gebetbuch, er geht hier vorbei.

Julchen. Ach Nettchen! was soll ich thun? Komm laß uns hinein gehen.

Nettchen. Ei ja doch, nicht von der Stelle! Wie würde der junge Herr sich kitzeln, wenn ein paar hübsche Mädchen vor ihm liefen.

Julchen. Ich glühe. Ich werde ihm nicht ein Wort zu sagen wissen.

Nettchen. Desto besser! ich will ihm schon einheizen, wenn er es wagt, uns anzureden.

Julchen. Aber Du mußt ihn nicht beleidigen.

Nettchen. Sanftes Täubchen! (sich umsehend) Herz gefaßt! der Feind rückt an.

Sechster Auftritt.

Wilhelm v. Moll. Julchen. Nettchen.

Wilhelm macht im Vorübergehen den Damen eine ehrerbietige Verbeugung.

Nettchen (ruft ihm zu). Schon so früh heraus, Herr von Moll?

Wilhelm. Um den schönen Morgen zu genießen. (Er geht auf der andern Seite ab).

Siebenter Auftritt.

Julchen. Nettchen.

Julchen (wirft sich auf eine Rasenbank und bricht in Thränen aus).

Nettchen (mit dem Fuße stampfend). Der Bösewicht! So machen sie es alle. Sie lieben und
wissen

wissen nicht warum, sie brechen und wissen auch nicht warum. Wenn man die Natur früge: warum schufst du Männer? Ich wette, sie weiß auch nicht warum. Doch ja, zu unserer Quaal! Nicht doch! und von allen hübschen Mädchen gefoppt zu werden. Das ist unser Beruf. Wehe der Verlornen die von ihrem Herzen auf einem Irrweg sich leiten ließ. Munter Julchen! hilf mir die Männer foppen. Steh auf, trockne deine Thränen, ich höre die Tante husten, gut daß sie endlich kommen. Mein Zorn schweigt und macht meinem Hunger Platz. Laß uns frühstücken, die Männer sind nicht ein Butterbrod werth.

Julchen (trocknet sich die Augen und sucht eine heitre Miene zu erkünsteln.)

Achter Auftritt.
Omar. Die Vorigen.

Nettchen. Nun? kömmst Du allein?

Omar. Die alte Tante hält sich noch bei den Erbsenblüthen auf. Die Sperlinge haben ihr allerlei Schaden angerichtet, sie will einen ausgestopften Vogelscheu hineinstellen.

Nettchen. Sie darf sich nur selbst hineinsetzen, so kann sie die Kosten sparen.

Neunter Auftritt.
Moritz Die Vorigen.

Mor. (auf Omar zugehend und ihm herzlich die Hand schüttelnd). Guten Morgen Omar! Wir sahen uns nur im Vorbeigehen.

Omar.

Omar. Guten Morgen lieber Moritz!

Mor. Hast Du mit dem Schiffer Thoms gesprochen?

Omar. Ja.

Mor. Was sagt er?

Omar. Er wird kommen heute oder Morgen?

Mor. So muß man wohl bald an einen Mahler denken. (zu seinen Schwestern). Guten Morgen Kinder!

Nettchen. Eine allerliebste Rangordnung, erst den Bedienten, und dann die Schwestern.

Mor. Ja liebes Schwesterchen, spötteln magst Du immerhin, meine Rangtabelle steht in meinem Herzen.

Nettchen. Immer besser! Der Krauskopf ist Dir lieber, als das sanfte Julchen und das muntre Nettchen?

Mor. Er ist mir lieber.

Nettchen (mit komischem Zorn). Barbar! Du zerreissest alle Bande des Bluts.

Mor. Ich könnte Dich verlegen machen, wenn ich dich frügte: was denkst Du bei diesem Ausdruck?

Nettchen. Was ich denke? Das ist eine dumme Frage. Ein Frauenzimmer denkt nichts.

Mor. Die Eitelkeit der Eltern, die Dankbarkeit der Kinder, die Gewohnheit, welche Geschwister an einander fesselt, das nennt ihr Bande des Blutes.

Nettchen. Aber die Sympathie, der geheime Zug der Herzen —

Mor.

Mor. Plappre keine Thorheiten.

Nettchen. Du glaubst nicht daran?

Mor. Eben so wenig als ich glauben werde, daß zwei Bäume ihre Wipfel gegen einander neigen, deren Kerne vormals in einer Frucht verborgen lagen.

Nettchen (ihm die Wangen streichelnd). Aber sag' mir doch Du Narr! warum bist Du denn zurück gekommen, wenn Deine Schwestern Dir gleichgültig waren?

Mor. Gleichgültig? Wer sagt das? Ich bin euch von Herzen gut; denn ich denke mit Entzücken an die frohen Stunden meiner Kindheit und meiner Jünglingsjahre. Alle jene Freuden habt ihr mit mir getheilt, keine süße Rückerinnerung wird lebendig in meiner Seele, ohne Euer Bild in ihrem Gefolge mit sich zu führen. Wenn mein Geist in dem schönen Gehölze herumirrt, welches an das Schloß unsers Vaters gränzte, so seh ich Julchen wie sie einst ihre Florschürze an einer Dornhecke zerriß und weinte und bange war vor den knöchernen Fingern der dürren Obstfrau. Gehe ich über die Wiese, durch welche der Bach sich schlängelte, wo wir die schönen Krebse fingen, so sehe ich Nettchen, wie sie vor einem Frosche läuft, den ich ihr nachschleudere. Betrete ich das finstere Zimmer unsers pedantischen Hofmeisters, so sehe ich Julchen, wie sie für mich bittet, da er mich züchtigen wollte, weil ich Pfirsche gestohlen hatte. Setze ich mich auf die steinerne Bank vor die Hausthür, so sehe ich Nettchen, die mir ihren Sparpfennig in die Hand

Hand drückt, um ihn einer armen abgebrannten Frau zu geben, welche ihr Kind auf dem Rücken in einem Korbe trug. Seht, das sind die Bande, die mich an euch fesseln, das sind die Quellen meiner Sehnsucht nach euch. Die Natur lächelt eures Irrthums.

Nettchen. Wohlan, wenn wir das auch gelten lassen, was hat der schwarze Bube denn gethan, daß wir in Deinem Herzen gleichsam seiner Gnade leben?

Mor. Was er gethan hat? — o! — Lieber Omar, entferne Dich auf einen Augenblick, ich will Dich loben.

Omar. Nicht doch, Du weißt, ich kann das nicht leiden.

Mor. Ich auch nicht, aber einmal ist es nothwendig. Geh, ich bitte Dich, und bleib in der Nähe.

Omar (zu Nettchen mit niedergeschlagenen Augen). Wenn Deines Bruders Lob mir Deine Freundschaft erwirbt, so will ich es gern durch meine Schaamröthe erkaufen. (er geht in den Garten).

Zehnter Auftritt.

Die Vorigen. Ohne Omar.

Nettchen. Immer hat er mir etwas zu sagen. Vorhin war er gar so dreist mir die Hand zu drücken.

Mor. Ich hoffe, Du hast den Druck herzlich erwiedert?

Nett-

Nettchen. Ei das ließ ich wohl bleiben.

Mor. Die Hand eines Biedermanns —

Nettchen. Da hätten wir viel zu thun, wenn wir allen ehrlichen Leuten die Hand drücken wollten.

Mor. Er hat Deinem Bruder zweimal das Leben gerettet.

Julchen. Hat er das?

Nettchen. Der Bube wird noch machen, daß ich ihn lieben muß.

Mor. Das sollst Du — Alles was ich habe, verdank ich ihm; denn es stand in der Macht seines Vaters mir alles zu nehmen, seine Bruderliebe hat auch das mir erhalten. Es sind nun vier Jahre, als ich mit der großen Caravane nach Mecca zog, theils aus Neubegier, theils um durch Tausch und Handel neue Schätze zu sammeln. Vierzig Kameele trugen meine Reichthümer, unsre Gesellschaft bestand aus einigen tausend Personen. Kaum hatten wir ein paar Tagreisen vollendet, als plötzlich in einer ungeheuren Sandwüste ein Schwarm von Arabern uns umringte. Die Janitscharen, welche zu unserer Bedeckung dienten, wurden zerstreut, alle unsere Habseeligkeiten geplündert, und wir, gleich einer Heerde Vieh, in die Gefangenschaft getrieben. Omars Vater war Cheick oder Fürst dieser Horde, Omar selbst hatte mit dem Säbel in der Faust mich zu seinem Sclaven gemacht. Meine gute Laune, die mich dann am wenigsten verläßt, wenn ich nichts als Geld verloren habe, stach sonderbar gegen das Seufzen und Stöhnen der übrigen ab. Man zeichnete mich aus, man gewann

mich

mich lieb. Ich verstand allerlei kleine nützliche Künste, ich tummelte mein Pferd trotz einem gebornen Araber, ich schoß mit der Pistole ein Stück Geld von der Lanze herab, man bewunderte mich. Des Abends lagerte ich mich in ihrem Kreise, und erzählte Mährchen, wovon sie große Liebhaber sind. Gelegentlich streuete ich faßliche Sittenlehren ein, um nach und nach die Wildheit dieser rohen Menschen zu mildern. So wurde ich ihnen unentbehrlich, der alte Scheick nannte mich seinen Sohn, und Omar hing sich täglich fester an mich. Ich hatte meine Freude daran, den Jüngling zu bilden, es gelang mir über alle Erwartung. Der Keim war so gut und schön, ich pflegte ihn brüderlich, er trug herrliche Blüthen und versprach köstliche Früchte. Nach und nach, so wie es in seinem Kopfe heller ward, regte sich der Wunsch in ihm, gesittete Völkerschaften kennen zu lernen, unter ihnen Tugenden auszuüben, für welche seine Landsleute noch keinen Sinn hatten. Es hielt schwer den alten Vatter zu einer Trennung zu bewegen, er willigte endlich ein, er vertraute ihn meiner Obhut, wir reißten ab. Von unserer Wanderschaft sollt ihr nur so viel wissen, daß einst in Syrien uns eine Räuberschaar umzingelte, daß Omars Tapferkeit mir Leben, Freiheit und Vermögen rettete, daß er selbst in seinem Blute schwimmend auf dem Platze blieb, daß seine Stirn und sein Hals noch heute die Narben tragen. Das ist noch nicht alles. Als wir uns in Smyrna zu Schiffe setzen wollten, und an einem stürmischen Tage in einem kleinen Boote auf die Rheede fuhren,

warf

warf eine Welle unser Fahrzeug um. Ich kann nicht schwimmen, ich wäre ohne Rettung ertrunken; aber Omar faßte mich bei dem Schopf und hielt meinen Kopf über Wasser und kämpfte eine halbe Stunde lang gegen die Wuth der Elemente, bis man uns zu Hülfe eilte. Kaum war er ans Land gestiegen, so fiel er ohnmächtig zu Boden.

Julchen (bewegt): O wie lieb ich ihn nun!

Nettchen (eine Thräne aus den Augen wischend). Der Krauskopf nistet sich mit Gewalt in mein Herz.

Mor. Begreift ihr nun warum er mir lieber ist, als Eltern und Geschwister? Er ist mein Wohlthäter, und es giebt für ein edles Herz keine stärkere Bande, als die der Dankbarkeit. Nun Nettchen, willst Du den Druck seiner Hand noch nicht erwiedern?

Nettchen. Ich will ihn küssen.

Mor. So hör' ich's gern. (er ruft) Omar! Omar!

Eilfter Auftritt.

Omar. Die Vorigen.

Mor. Komm her Du treuer Gefährte! daß ich die Denkmäler Deiner Liebe meinen Schwestern zeige (Er streicht ihm die Haare von der Stirn). Seht ihr Kinder! (Er löset ihm die Halsbinde.) Seht ihr hier? (Er küßt ihn auf Stirn und Hals). Das war ich meinem Herzen schuldig, und nun in deiner Gegenwart nie ein Wort mehr davon.

Omar. Topp lieber Moritz! versprich mir das!

Julchen (ihn freimüthig umarmend). Ich danke Dir meines Bruders Leben!

Nettchen (ein wenig schüchtern). Da drück mir die Hand noch einmal (er thut es, sie drückt sie ihm wieder und reicht ihm den Mund).

Omar (entzückt). O welch ein Augenblick!

Zwölfter Auftritt.
Die alte Tante. Die Vorigen.

Tante (zuweilen hustend). Kinder! Kinder! ey mein Gott! was macht Ihr denn da? Habt Ihr alle Zucht und Ehrbarkeit verabschiedet.

Nettchen. Einen Kuß in Ehren, kann Niemand wehren.

Julchen. Liebe Tante es war nur der Ausbruch unsrer Dankbarkeit.

Tante. Dankbarkeit? Was Dankbarkeit! Die muß bei einem jungen Mädchen nie in Küsse ausbrechen. Ein Kuß führt oft gar weit! so sagt man; ich selbst habe die Erfahrung nie gemacht.

Mor. Wenn das Herz voll ist und wir keine Worte haben, so kann nur eine feurige Umarmung unser Dollmetscher seyn.

Tante. Aber so redet doch! Was giebt es denn? Was hat er denn gethan, daß eure Herzen so grimmig voll davon sind. Wenn es würklich der Mühe werth ist, nun so bin ich auch nicht so stolz wie manche andern meines gleichen, und ich will ihm wohl einen Kuß geben.

Nettchen. Er hat dem Bruder Moritz das Leben gerettet.

Jul-

Julchen. Zweimal.
Tante. Wie denn? Wo denn? Wann denn?
Nettchen. Einmal wurden sie von Räubern überfallen.
Tante. Und da hat er sich brav gewehrt?
Nettchen. Errathen.
Tante. Nun das war ja seine Schuldigkeit.
Julchen. Ein andermal fielen sie beide ins Wasser.
Tante. Und da er ihn heraus gezogen?
Nettchen. Errathen.
Tante. Nun das war ja seine Schuldigkeit.
Mor. (etwas auffahrend). Weißt Du was, liebe Tante, nimm Dich in Acht, daß Du nicht ins Wasser fällst. Wenn Omar Dich heraus ziehen wollte, ich würde ihn bei den Haaren zurück halten.
Tante. Kinder! Kinder! Ihr familliarasiert euch so sehr mit den Domestiken. Es ist ein Glück, wenn man treue Leute um sich hat, aber man muß sie nicht verwöhnen. (Sie zieht ein Stück Geld aus der Tasche). Da guter Freund, trink Er einmal auf meine Gesundheit.
Mor. (reißt ihr das Geld aus der Hand und wirft es ihr vor die Füße. Darauf umarmt er Omar). Vergieb ihr lieber Omar! Sie ist zu bedauern, sie hat ein enges Herz, aber es ist nicht ihre Schuld. Sie ist ein guter ehrlicher Schlag vom Weibe, deren Empfindungen eine hochbeinigte Gouvernante schon in der Kindheit verstümmelt hat, damit alles was sie thut fein vornehm aussehn möge. Es ist ihr ge-
gangen,

gangen, wie einst den römischen Knaben, denen man die Gelenke brach, um zum Kriegsdienste und tapfern Thaten sie unfähig zu machen. Sie kann nichts dafür.

Tante. Ei mein Gott! —

Mor. (sie hastig unterbrechend). Nicht weiter liebe Tante. Er ist unser Wohlthäter! Selbst die kleine Münze, die ich da in den Busch warf, verdankst Du ihm. Daß er Dir des Morgens den Thee bereitet, und Deine Blumen begießt, und Deine Canarienvögel füttert, das ist sein freier Wille; denn bei Gott! wenn er's verlangt, so bin ich sein Knecht, Du seine Köchin, Nettchen seine Wäscherin und Jutchen seine Magd.

Omar (verlegen). Hör' einmal auf, Du hast es mir versprochen.

Mor. Nur noch ein Wort. Der Zufall kann es fügen, daß ich heute oder Morgen von euch scheide. Er ist mein Einziger Erbe. Sein ist alles was mein war. Auch meine Schwester vermach ich ihm, und will er nach meinem Tode euer Bruder seyn, so habt ihr keinen Bruder verloren.

Omar (gerührt und verlegen). Du hältst nicht Wort, Du jagst mich schon wieder fort. (Er geht in den Garten.

Dreizehnter Auftritt.

Die Vorigen. Ohne Omar.

Moritz. Ein Bedienter ist ein Mensch wie wir, oft besser als wir. Wer kalt und unfreundlich ist gegen einen treuen Bedienten, der mag immerhin

merhin ein großer Staatsmann, ein tapferer Krieger seyn, mein Freund ist er nicht. Doch das gehört unter die unerkannten Gewohnheitssünden, aber ich bitte Euch Schwestern, ich bitte Dich liebe Tante, laßt mich nie ein ungeziemendes Betragen gegen meinen Omar sehen. Ehrt mich in ihm, er ist mein Bruder, und ich leide kein Vornehmthun auf irgend einer Nase!

Tante. Nun ja doch, ja! Viel Lermens um nichts!

Nettchen. Betrachte mein Näschen, es kann nicht vornehm thun, wenn es auch wollte.

Tante. Ich dächte lieber Neffe, da der Himmel Dich mit Geld und Gut gesegnet hat, und der Mensch Dir doch ans Herz gewachsen ist, Du schicktest ein paar hundert Gulden nach Wien und ließest ihn adeln.

Mor. (sieht sie unwillig und verächtlich an. Ist im Begriff ihr heftig zu antworten, schluckt es aber nieder und sagt hingeworfen). Ja, ja. — Wir wollen frühstücken, ich bin hungrig. (Sie sammeln sich um den Theetisch).

Tante. Nein das kann mir Niemand nachsagen auch nicht in den blühendsten Zeiten unsrer Familie, daß ich die armen Dienstbothen über die Gebühr geplagt hätte.

Mor. Was heißt das: über die Gebühr?

Tante. Nun was man mit Recht von ihnen fordern darf, dazu hab' ich freilich sie mit Strenge angehalten, denn lieber Gott! diese Art von Leuten ist doch nun einmal dazu gebohren.

Mor.

Mor. Diese Art? Es ist keine Art! Ich sage Dir, es sind Leute wie wir, wir gehören alle zu einer Art! und nur der Dummkopf ist von rechts wegen zur Sklaverey geboren, sein Vater sey ein Holzhacker oder ein Baron.

Tante. Wie du nun wieder aufsprudelst und brausest, wie der Brodelbrunnen in Pyrmont. Unterbrich mich nicht, ich wollte Dir erzählen, daß noch bis auf den heutigen Tag vier Personen am Leben sind, welche in bessern Zeiten bei mir gedient haben; alle sind durch mich versorgt worden. Da war die Anna Gutbrod, die heirathete den Haushofmeister des Grafen von Solms, und ich habe sie reichlich ausgesteuert. Da war die Catharina Zipfelmann, die heirathete einen Husarenwachtmeister unter dem Regimente meines wohlseeligen Herrn Vaterbruders, die hat mich noch vor ein paar Jahren zu Gevatter gebetten —

Mor. Schon genug! Schon genug liebe Tante! ich bin von Deiner Gutherzigkeit überzeugt.

Tante. Und da wollt' ich nur sagen, wenn wir nun die neue Kammerjungfer annehmen, von der ich mit Dir sprach, so sollst Du sehen, lieber Neffe, ich will sie halten wie ein Kind.

Mor. Wieder das alte Lied!

Tante. Ich muß es ja wohl so lange singen, bis Du endlich darauf hörst. Julchen, Nettchen, helft mir doch den wunderlichen Menschen zur Vernunft bringen. Er schlägt es rund ab, die hübsche, kleine Marie, in unsre Dienste zu nehmen. Er bedenkt

denkt gar nicht, daß ich von Kindesbeinen auf, bis zum Tode meines wohlseeligen Herrn Bruders mich nie ohne Kammermädchen beholfen habe. Kein Kopfzeug kann ich allein mir aufstecken, keinen Latz zuschnüren. Ist es denn noch nicht genug, daß wir seiner Grille zu gefallen unsern Stand verbergen? Er spricht, das sey nur äußerer Flitter. Wohlan! wenn dem auch also wäre; meine Bequemlichkeit, ein behagliches Wohlbefinden auf meine alten Tage, ist das auch nur äußerer Flitter?

Mor. So muß ich es noch einmal wiederhohlen? Ich bin gekommen, Dir und meinen Schwestern ein ruhiges, sorgenfreies Leben zu verschaffen. Ihr habt um das liebe tägliche Brod arbeiten müssen, von dieser Plackerei habe ich euch erlöst und damit seyd zufrieden. Euch in Ueberfluß versetzen, das wollt' ich nicht, und ich selbst begehre ihn nicht. Ihr habt eine Magd, die Euch bedient, das ist genug. Verlangt Ihr mehr, und bin ich schwach genug Euch mehr zu geben, so nehmt Ihr das nicht mir, ich brauch' es nicht, aber Ihr stehlt es ärmern Menschen.

Julchen. Wie aber lieber Bruder, wenn eben Deine Einwilligung Wohlthat für einen Armen wäre?

Mor. Wie das?

Nettchen. Das Mädchen, welches die Tante in ihre Dienste zu nehmen wünscht, ist ein armes verlaßnes Geschöpf. Wir brauchen sie nicht, aber sie braucht uns.

Mor.

Mor. Das ist ein anders. Warum sagt Ihr das nicht gleich?

Nettchen. Du sollst sie sehen, sie wird Dir gewiß gefallen. Sanfte Schwermuth wohnt auf ihrem Gesichte. Ihr Mund klagt nicht, aber ihr Blick verräth daß sie unglücklich ist.

Mor. Ei so laßt sie kommen, je eher je lieber! So lange ich ein Fleckchen Erde habe, das ich mein nennen darf, soll ein Unglücklicher mich nie vergebens um eine Freistatt ansprechen.

Julchen und Nettchen. Guter Bruder!

Tante. Das heiß ich denken wie ein Edelmann —

Mor. Denken sollte, wenn er ein Mensch ist.

Julchen. Wie wird die arme kleine Marie sich freuen.

Nettchen. Wir wollen gleich nach ihr schikken.

Mor. Da sich's nun einmal so trifft, so ist mir's auch lieb, daß unsre kleine Wirthschaft sich um ein geschäftiges Wesen vermehrt. Es könnten in der Zukunft sich Fälle ereignen, wo wir sie nöthig haben dürften.

Nettchen. Was will der Herr Bruder damit sagen?

Mor. Ich will heirathen.

Nettchen, Julchen und die Tante (zugleich). Du?

Mor. Ja ich. Schon lange fühle ich, daß mir etwas mangelt. Wenn ich ein hübsches Mädchen sehe, so hängt mein lüsternes Auge an ihr,

mit

mit einer Begehrlichkeit, die ich nie empfand, als ich noch auf Reisen mich herum warf und in Geschäften wühlte. Nichtsthun und Langeweile das sind größtentheils die Quellen, aus welchen die Liebe entspringt. Wenn ein kleines Kind mir aufstößt, so nehme ich es unwillkürlich auf meinen Arm, und küsse es und kneipe es in die rothen Backen. — Ich will Vater werden, und also will ich ein Weib nehmen.

Nettchen. Darf man fragen: wem der hochgebietenden Sultan sein Schnupftuch zuwerfen wird?

Mor. Dir, wenn Du willst.

Nettchen. Mir? Ha! ha! ha!

Mor. (zu Julchen). Oder Dir?

Julchen. Mir? Ha! ha! ha!

Tante (hustend). He! He! He!

Mor. Warum lacht ihr? Ich spreche im Ernst. Ihr gefallt mir beide, ich kenne Euch beide, Ihr seyd ein paar gute Mädchen, Ihr seyd hübsch, vergleicht Euch unter einander, welche von Euch mich haben will. Mir gilt es gleich viel.

Nettchen. Bruder es spükt in deinem Gehirn.

Mor. Ei das wäre? Und warum?

Tante. Neffe, Neffe! Du bist auf gutem Wege toll zu werden. Hast Du denn gar keine Ehrfurcht vor den heiligen Banden des Blutes?

Mor. Da haben wirs! Wieder ein verdammtes Vorurtheil! Ich will Dir in einem Athem hundert

dert Völker nennen, die ihre Schwestern heirathen und sich wohl dabei befinden.

Tante. Das sind Heiden! blinde Heiden! aber unter gesitteten, christlichen Völkern, geht das nicht an. Ja die Tante allenfalls, da dispensirt ein hochpreißliches Consistorium zuweilen —

Nettchen (schalkhaft). Ja die Tante! Was meynst Du?

Mor. Ich meyne Ihr seyd Thörinnen, mit welchen man in Dingen, wo es auf gesunde Vernunft ankömmt nicht streiten muß. Ihr wollt mich nicht? Nach Belieben. Heute oder Morgen zieh' ich hinaus auf die Landstraßen und suche mir ein Weib.

Tante. Sieh nur dabei auf unbescholtene Herkunft, auf eine untadeliche Familie.

Mor. Venus ward aus Meerschaum geboren. Ein schönes Mädchen ist mir eine Königin, und wenn ich sie auf einem Misthaufen finde.

Nettchen. O ihr schwachen Männer!

Vierzehnter Auftritt.

Omar. Schiffer Thoms. Die Vorigen.

Omar. Da ist Schiffer Thoms.
Mor. Willkommen Thoms!
Thoms (reicht ihm die Hand und macht einen Kratzfuß). Gott grüße Euch Herr! ich wollte Euch man sagen, daß ich bald klar seyn werde. Morgen oder Uebermorgen gedenke ich aus dem Baume zu legen, und wenn Wind und Wetter Gedeihen geben,

geben, so segeln wir wills Gott um ein paar Tage nach der Levante. Habt Ihr was zu bestellen an Eure gute Freunde, so macht es man fertig.

Mor. Schönen Dank Thoms für den Avvis. Ich will Dir ein klein Paket mitgeben für den alten Scheick Omars Vater. Ich habe das schon mit unserm Consul in Smyrna richtig gemacht, der weiß Mittel und Wege es an die Behörde zu befördern, an den darfst Du es nur abliefern.

Thoms. Wohl! Wohl!

Mor. Aber Kinder, ich brauche einen Mahler. Als wir von dem guten alten Scheick uns trennten, mußte ich ihm mein Bild versprechen. Wißt Ihr mir einen Künstler nach zu weisen, der seine Kunst versteht?

Nettchen (rasch). Assessor Willhelm von Moll.

Julchen (rasch und heimlich). Um Gottes willen Nettchen —

Mor. Assessor? und von: Nein das ist nichts. Ich will keinen Dilettanten, der durch das Opfer seiner Zeit und seiner Mühe mir Verbindlichkeit aufladet, ich will einen Menschen den ich bezahlen kann.

Nettchen. Ja dieser läßt sich auch bezahlen. Ich will ihn rufen lassen. (Sie hüpft fort).

Julchen (läuft ihr nach). Nettchen! Nettchen!

Tante. So wartet doch! Ei mein Gott! Kinder! so wartet doch! (sie keucht ihnen nach).

Thoms. Wäre sonst noch etwas zu Euern Diensten? Ich habe da doch allerlei Kram zu besorgen.

Mor.

Mor. Nichts, nichts, lieber Thoms. Komm auf den Nachmittag wieder, daß wir zum Valet noch eine Flasche mit einander leeren.

Thoms. Das kann wohl geschehen. Gott befohlen! (ab).

Funfzehnter Auftritt.
Moritz und Omar.

Mor. Du steh'st in Gedanken?

Omar (bewegt). Ich denke an meinen Vater.

Mor. Willst Du nicht auch Dein Konterfei ihm senden?

Omar (nach einer Pause). Was meynst Du Moritz! ich bringe ihm lieber das Original zurück?

Mor. (Erschrocken). Ernst oder Scherz?

Omar. Ich bin nicht glücklich.

Mor. (Seinen Arm um ihn schlingend). Was mangelt Dir?

Omar. Ich habe mehr als ich hatte, mein Reichthum ist mein Unglück. Du lehrtest mich kennen, was von meinen Pferden und Kammelen mich unterschied; mein Herz! ich wähnte damals aus Deiner Hand einen Schatz empfangen zu haben. O dieser Schatz ist lästig zu verwahren. Was das Herz giebt, ist kärglicher Genuß, was es entbehrt wird ihm zur Marter.

Mor. Lieber Omar, ich verstehe Dich nicht.

Omar. Sieh, Du mußt mir das nicht übel nehmen, wenn ich zuweilen Vergleichungen anstelle, zwischen meiner vorigen Lebensart und meiner jetzigen, wenn ich die letztere zwar reitzend, auch vielleicht

leicht dem Berufe des Menschen angemessener finde; aber dann doch am Ende der Rückerinnerung an meine wilden Steppen eine Thräne weine und wünsche. — vergib mir! Dich nie gekannt zu haben!

Mor. (traurig). Mich? Deinen Freund und Bruder?

Omar. Dich! meinen Freund und Bruder! Nicht um die Schätze Indiens mögte ich wieder seyn, was ich war; aber die Schätze des ganzen Erdbodens gäbe ich darum, nie gewesen zu seyn, was ich bin. Wirf einen flüchtigen Blick auf meine damalige Lage und auf meine heutige. Du hast ein Jahr unter uns gelebt, Du weißt was ein Araber bedarf um glücklich zu seyn. Das muthige Roß tummeln und mit nervigter Faust die Lanze schwingen, siehe da sein ganzer Ehrgeiz. Eine junge sittsame Beduine zum Weibe, ein Zelt, ein Pelz und ein Mutterpferd zur Zucht, siehe da sein ganzer Reichthum. Hatte ich des Morgens die Sonne aufgehn und meinen Vater lächeln sehn: so war ich glücklich. Frohes Muthes setzte ich mich am Mittage an dem Eingang meines Zeltes, mit meiner Milch und meinen Datteln, und jeder Vorübergehende war mein Gast. Hatte ich Langeweile so schlief ich, der Schlaf stand mir immer zu Gebote, denn Kopf und Magen waren nie von der Unverdaulichkeiten überfüllt. Ein Spruch aus dem Koran und ein hübsches Märchen waren die einzige Speise meiner Seele, die einzige Nahrung meiner Phantasie. Du kamst und zaubertest in wenig Wochen eine neue Welt um mich her. Du gabst mir neue Wünsche, neue Bedürfnisse, Du befriedigtest auch manche derselben, aber um alle zu befriedigen, hättest Du ein Gott seyn müssen. Soll ich nun Gott oder Dich anklagen, daß meinem Herzen mangelt, was mir Niemand geben kann! daß ich immer begehre und mir immer versagt wird! daß mein Kopf über die Gränzen hinaus will, welche die Natur ihm steckte! Aber warum muß ich fühlen, daß es solche Gränzen giebt! warum hast Du Dieß Gefühl in mir geweckt? Deine Lehren kosten mich die Ruhe meines Lebens.

Mor. Ich bin versteinert. Oefter schon hat Omar über Zeit und Ewigkeit, über Menschenglück und Menschenberuf mit mir gegrübelt, es ist nicht zum erstenmaln, daß er über den Nebel klagt, der auf der Zukunft liegt; aber immer blieb er ruhig, wenn ich ihm von Ferne den Engel des Todes zeigte, der uns hinter den Vorhang winkt, welcher den Genuß von der Hoffnung scheidet. Wie es da hinten aussehen mag, das gilt gleich! genug ich überzeugte Dich einst, dieses Lebens letzter Augenblick sey nicht der Allerletzte. Und so drückt kein Vorwurf mein Gewissen. Ich habe Dir nicht genommen, was ich Dir nicht tausendfältig ersetzt hätte. — Nein Omar, heuchle nicht! das ist nicht der Anlaß Deiner trüben Laune, das erwachte nur in Dir, weil Du sonst nicht glücklich warst. Es ist etwas mit Dir vorgegangen, was Deine Seele in diesen Mißton stimmt (ihn zärtlich umarmend). Und dies etwas wolltest Du mir verbergen?

Omar. Ach Moritz!
Mor. Heraus damit!
                                                    Omar.

Omar. Ich liebe Deine Schwester.

Mor. Julchen?

Omar. Nettchen.

Mor. Ist das alles? Ich gebe sie Dir zum Weibe.

Omar. Wider ihren Willen?

Mor. Warum sollte sie nicht wollen?

Omar. Nein, nein sie will nicht.

Mor. Hat sie Dir's gesagt?

Omar. O das fühlt sich wohl. Wenn unsre Blicke sich begegnen, ich schlage die Augen nieder, sie sieht mir unbefangen ins Gesicht. Wenn mein Herz überströmt und ein bedeutendes Wort meinen Lippen entschlüpft, sie muß mich doch verstehen, aber sie macht einen Scherz daraus.

Mor. Das ist ihre Art so.

Omar. O Du weißt nicht, wie schon lange diese Leidenschaft mich quält, von deren Entstehung ich Dir eben so wenig Rechenschaft zu geben weiß, als vom Ursprung des Nils. Ich schlafe nicht und träume wenn ich wache. Ich esse nicht und bin nie hungrig. Ich strecke meine Hand aus und denke nichts dabei, ich rede und weiß nicht was. Immer hab ich lachen müssen, über unsre morgenländischen Dichter, die von einem Heißverliebten zu sagen pflegen: „sein Körper werfe keinen Schatten „mehr." Ach Moritz! bald werde ich die Hiperbel wahr machen. — Nein ich will zurück zu meinem alten Vater, der vielleicht mit jedem Morgen seine kraftlosen Arme gegen die Sonne ausstreckt und betend seinen Sohn von Gott zurückfodert.

Mor.

Mor. Hätte ich doch nimmermehr geglaubt, das meiner Schwester Stumpfnäschen meinen Omar zum Schwärmer machen könne. Sey ruhig, guter Freund, ich will mit Nettchen reden.

Omar. Willst Du das?

Mor. Nun ja das versteht sich.

Omar. Aber ja nicht sie überreden.

Mor. Ach nein doch! überlaß das mir. Wahrhaftig Omar, ich habe große Lust ein wenig zu lachen. Das begann so tragisch, das schien geradesweges auf einen Selbstmord los zu führen, und am Ende ist's beim Lichte besehen, eines Mädchens Gunst das frivolste Ding auf Gottes Erdboden.

Omar. Wie Du es nimmst.

Mor. Und Du es nehmen wirst, über kurz oder lang. (Er ergreift ihn bei der Hand). Frisch auf! sey heiter! Wenn meiner Schwester Besitz Dich glücklich machen kann, so geb' ich sie Dir alle beide und die alte Tante obendrein.

Omar. Ist Nettchen mein, so bin ich Herr der Welt. (Sie wollen gehen).

Sechszehnter Auftritt.

Karg (mit einem Blatt Papier in der Hand).
Vorige.

Karg (sehr eilig). O nur einen Augenblick mein Herr! nur einen einzigen Augenblick!

Mor. (unwillig). Was steht zu Diensten?

Karg

Karg. Ich selbst stehe ganz zu Ihren Diensten. Da ist eine Elegie, mein Herr, eine Elegie! — Sie haben doch den Igel Ihrer Demoisell Schwester gekannt? Nun dieser Igel ist unter die Sterne versetzt! — Hier ist sein Kreditiv.

Mor. Was will der Mensch haben?

Karg. Einen Dukaten will ich haben, den Ihre Demoisell Schwester mir versprochen hat, und 99 Dukaten schenke ich ihr, denn diese Elegie, mein Herr, sie ist gelungen, ich sage Ihnen, sie ist gelungen! Hundert Dukaten ist sie unter Brüdern werth. Ich will sie Ihnen vorlesen. Hören Sie nur! (er räuspert sich).

Mor: (giebt ihm Geld). Hier mein Freund, aber unter der Bedingung, daß Du mir nie etwas vorlesest. (Er geht mit Omar in den Garten).

Siebenzehnter Auftritt.

Karg allein. (Den Dukaten betrachtend.)

Gehorsamer Diener! Ein schöner geränderter Dukaten. Aber nie etwas vorlesen? Nein mein Herr, dies unaussprechliche Vergnügen verkauft der Dichter nicht für Plutos Schätze. Vorlesen muß ich! gleich viel wem. Und will niemand mir zuhören, nun so hört ihr mich, ihr Vögel des Waldes! ihr Quellen und Bäume! (in die Ferne blickend). Ha, dort weidet ein Schäfer seine Heerde, geschwinde hin zu ihm! daß er meine Elegie höre und und seine Schallmei verstumme (ab).

Ende des ersten Akts.

Zweiter Aufzug.

Erster Auftritt.

Nettchen (allein)

(Sie sitzt neben Dianens Bildsäule und hat ein Körbchen mit Rosen neben sich stehen, aus welchem sie eine Guirlande zu winden beschäftigt ist. In der Ferne lauscht Omar. Sie singt):

Selbst die glücklichste der Ehen,
Mädchen hat ihr Ungemach;
Selbst die besten Männer gehen,
Oefters ihren Launen nach.

Ach sie gehen nicht, sie gallopiren! da ist kein Halten, da ist kein Bändigen; sie thun was ihnen gut dünkt und ihren Herzen gelüstet. (Sie singt):

Peitsch die Närrin doch mit Nesseln,
Die das Wagestück beging
Sich auf Lebenslang zu fesseln
Durch den goldnen Fingerring.

(Sie trällert und brümmt vor sich, indem sie auf ihre Arbeit und dann in das fast leere Körbchen sieht). Ich habe doch nicht Rosen genug gepflückt. Immerhin! Diana muß vorlieb nehmen.

Omar der ihr zugehorcht entfernt sich bei diesen Worten).

Nett=

Nettchen (singt).

„Komm süßes Kind!" so spricht der Bräu-
tigam,
„Du Weib, komm her!" so spricht der
Mann.
Drum will ich nimmer, nimmer freyn,
Nein, nein! nein, nein! nein, nein!

Text und Composition ipse fecit. Es reimt sich wohl nicht recht, aber es ist doch wahr.

Omar (ist unterdessen herbei geschlichen, hat das Körbchen mit frischen Rosen gefüllt und ist wieder in den Garten geschlüpft).

Nettchen (wiederholt die letzte Strophe) Drum will ich nimmer. — (sie blickt von ungefähr auf das Körbchen und fährt zusammen). Ah! was ist das! — Ich wette, das hat kein Ehemann gethan. Aber es ist doch drollig! (sie sieht sich allenthalben um). Keine lebendige Seele. Gewiß hat sich eine Sylphe in mich verliebt. O solche Liebhaber muß man fest halten, man kann sie zu allerlei brauchen. (Sie wirft einen Kuß in die Luft) Herr Sylphe, ich bedanke mich für die artige Galanterie. (Sie fängt an die frischen Rosen zu verarbeiten und trällert vor sich).

Zweiter Auftritt.

Moritz (aus dem Garten). Nettchen.

Mor. Ah, Schwester Nettchen! es ist mir lieb, daß ich Dich allein finde!

Nettchen. Ich bin nicht allein.

Mor. Wer ist denn bei Dir?

Nettchen. Mein Liebhaber.

Mor.

Mor. sich lächelnd umsehend). Vermuthlich ein unkörperliches Wesen?

Nettchen. Errathen.

Mor. Du Liebling der Götter und Menschen. Aber entschlage Dich auf einen Augenblick der Geister, wir wollen von irrdischen Dingen mit einander sprechen.

Nettchen. Laß hören.

Mor. Ein Liebhaber mit Fleisch und Bein ist doch immer besser, als ein luftiges Wesen.

Nettchen. Das ist noch die Frage.

Mor. Jener kann dich umarmen, das kann dieser nicht.

Nettchen. Jenner kann mich schlagen, das kann dieser auch nicht.

Mor. Nettchen, ich hätte wohl eine Frage an Dich, wenn es Dir möglich wäre, nur ein paar Minuten lang ernsthaft zu sprechen.

Nettchen (räuspert sich und affektirt eine feierliche Miene). Herr Großinquisitor, ich stehe zu Befehl.

Mor. Willst Du heirathen?

Nettchen. Nein.

Mor. Warum nicht?

Nettchen. Drollige Frage! das ist eben so, als ob Du frügest: willst Du essen? — nein! — warum nicht? — Ei Herr Bruder, das versteht sich von selbst, weil ich keinen Hunger habe.

Mor. Aber gutes Kind, die Zeiten ändern sich. Man muß sammeln auf den Winter. Man wird hungrig, und am Ende kann man nicht essen, weil man nichts zu essen hat.

Nett=

Nettchen. Willst Du etwa selbst wieder mir einen Heirathsantrag thun?

Mor. Nein mein Schatz, Du mögtest mich wieder an die alte Tannte verweisen.

Nettchen. Nun so laß Dir sagen, daß diese Art von Hunger mich nie ergreifen wird. Ich sehe so manche, die sich den Magen überladen haben.

Mor. Grillen! Was willst Du denn anfangen, wenn die Zeit der Blüthe verstrichen ist und Niemand mehr die überreifen Früchte begehrt? Wenn Du herumleuchst wie unsre alte Tante, der Welt und Dir selbst zur Last. Unter den Huronen wählen die alten Weiber Fürsten, auf den Marianen herrschen sie, und Gott verzeih mir's! es giebt sogar eine Völkerschaft, die keinen andern König anerkennt, als eine alte Jungfer. Aber unter den Europäern, liebes Schwesterchen, ist eine alte Jungfer wie ein alter Brief, der zwar geschrieben, aber nicht abgeschickt worden.

Nettchen. Ei nun, was kümmert's Dich? Ist er doch nicht an Dich abdressiert.

Mor. Eine Blume, die am Stengel verwelkt.

Nettchen. Wer heißt Dich sie brechen?

Mor. Ein Baum voller Blätter, aber ohne Früchte.

Nettchen. Erquicke Dich an einem andern.

Mor. Ein Haus, das Niemand bewohnt, weil das Alter darin spükt.

Nettchen. Herr Bruder, Sie erschöpfen Ihren Witz.

Mor.

Mor. Und Du meine Geduld. Kurz und gut, ihr seyd da, um zu heirathen, das ist euer einziger Beruf. Ein alter Hagestolz kann der Welt doch noch auf tausenderlei Art nützlich werden; aber eine alte Jungfer stiehlt jeden Bissen den sie in den Mund steckt, weil sie mit dem Unkraut alles gemein hat, nur nicht die Fruchtbarkeit.

Nettchen. Prr! wie das übersprudelt! aber mein beredsamer Herr Bruder, der Sie so sehr um das Wohl Ihrer Schwestern bekümmert sind, Sie vergessen einen Hauptumstand.

Mor. Der wäre?

Nettchen. Ein Mädchen muß nicht eher heirathen, als erstens: bis sie Lust dazu hat; und zweitens: bis jemand kommt, der sie haben will.

Mor. Das letztre ist für diesmal nicht Dein Fall.

Nettchen. Nicht? O geschwind! meine Neubegier lodert in hellen Flammen auf. Wer bewirbt sich zärtlich und ehrerbietig um diese kleine weisse Hand.

Mor. Ein Mann mit einem makellosen Herzen flammend für die Liebe, heiß für die Freundschaft, warm für die Tugend, weich für das Mitleid, schön wie der Frühling, wohlthätig wie der Herbst, fromm wie ein Kind und klug wie ein Greis.

Nettchen. Mit einem Worte ein Gott!

Mor. Mit einem Worte Omar!

Nettchen (gedehnt). Omar?

Mor.

Mor. (ihr nachspottend). Omar? Ja Omar? Du sprichst den Namen aus, als ob Du einen beſſern zu nennen wüßteſt.

Nettchen. Nein, Omar iſt mir zu klug.

Mor. Ein ſonderbares Gebrechen.

Nettchen. Wenn ich ja heirathen ſoll, ſo gebt mir einen Mann je dümmer je beſſer, mit dem ich ſchalten und walten kann nach Belieben, der mir nie mit einem Aber beſchwerlich fällt, der, wenn ich zu ihm ſage: dies U iſt ein X, mir ganz demüthig ſein X nachlallt; der mich ſchön findet, wenn ich Launen habe, und reizend, wenn ich maule; der meine Liebhaber höflich vor der Thür empfängt und meine Kinder wiegt.

Mor. Genug des Spottes! wüßte ich, daß Du denkſt, wie Du redeſt, ich wäre im Stande Dich mit dem Schriftſteller Karg zu verkuppeln.

Nettchen. Das ginge ſchon eher an. Die Frau eines Schriftſtellers kann wirthſchaften nach Gefallen, und thun, was ihrem Herzen gelüſtet, wenn ſie ſich nur dann und wann herabläßt, die Geiſtesprodukte ihres Gemahls zu loben! — Aber nein! nein Freiheit! goldene Freiheit! Dir weihe ich meine Tage! Mit Blumen ſind zwar die eiſernen Ketten umwunden, gar lieblich von außen anzuſchauen, aber der ſie ſchleppt, fühlt ihre Laſt und die Blumen verwelken in den Flitterwochen. (Sie hat indeſſen ihre Guirlande vollendet). Diana! keuſche Diana! empfange das Gelübde Deiner Nymphe! mache mich fühllos wie dieſen Stein, und kalt wie der Mond, der deine Scheitel ziert. (Sie

umwin-

umwindet bei diesen Worten Dianens Bildsäule mit der Guirlande).

Mor. Du bist eine Närrin! und das mögtest Du immerhin seyn, wenn Deine Narrheit unschädlich wäre. Aber ich, ich muß sie theuer bezahlen! sie kostet mich einen Freund — ich hatte nur einen, er verläßt mich, sein Platz wird leer in meinem Herzen, und wer vermag ihn auszufüllen.

Nettchen. Warum leer? Lieb' und Freundschaft werden durch Trennung noch heißer.

Mor. Ein entfernter Freund ist ein todter Freund.

Nettchen. Auch will ich Dir im Vertrauen sagen: wenn das Deine einzige Sorge ist, so darfst Du ganz ruhig seyn. Omar wird nicht reisen.

Mor. Nicht? ich sage Dir, er wird.

Nettchen. Ich sage Dir, er wird nicht! er ist verliebt.

Mor. Eben deswegen.

Nettchen. Eben deswegen reist man nicht. Wenn die Verliebten im Stande wären wegzureisen, man würde nicht so viel Unglück in der Welt erleben.

Mor. Du kennst ihn nicht, noch vor wenig Minuten hat er mir seinen Entschluß eröffnet.

Nettchen. Das muß ich besser wissen, und wenn er seinen Koffer schon gepackt hätte, und wenn er schon mit einem Fuße im Schiffe stände, so sage ich (zärtlich) Omar! — husch zieht er seinen Fuß zurück.

Mor. Boshaftes Geschöpf!

Nett-

Nettchen. So! ist das Geschöpf boshaft, das seine Waffen kennt und sie gebraucht?

Mor. Ich wünschte, Omar hätte uns behorcht, er müßte Dich hassen.

Nettchen. Paperlapap! laß uns von etwas anderm reden. Da kömmt Herr von Moll, der will Dich mahlen.

Mor. Ich weiß kaum, ob es nöthig seyn wird, denn geht Omar fort, so geh ich mit ihm.

Nettchen (komisch feierlich). Um einst wie Orest und Pylades in der Geschichte zu glänzen.

Dritter Auftritt.

Wilhelm von Moll. Die Vorigen.
(Wechselseitige Verbeugungen).

Nettchen. Verzeihen Sie Herr von Moll die Dreistigkeit einer alten Bekanntin. Mein Bruder wünschte, sich mahlen zu lassen, und ich war so frey —

Wilh. Ohne Umstände es geschieht sehr gern.

Nettchen (lebhaft). Ein Tisch, ein Glas Wasser (bei Seite) und Julchen (laut) sollen gleich hier seyn. (Sie hüpft ab).

Vierter Auftritt.

Moritz und Wilhelm.

Mor. Fürs erste, lieber Mann — denn lieb ist mir eine solche Physiognomie. — muß ich einen Umstand ins Klare setzen. Ich bin ein Feind von aller

aller Geschraubtheit, von allem dem conventionellen Unwesen, welches müßige Köpfe erfanden und Narren nachäfften. Darunter gehört auch die drollige Sitte, einen Menschen anzureden, als wären ihrer ein Dutzend. Ich kann das verdammte Sie nicht über die Lippen bringen und bitte dabei, mir meine Weise nicht übel zu deuten, es ist nicht bös gemeynt.

Wilh. Sprechen Sie nach Gefallen, mein Herr, wenn Ihr Umgang mir behagt, so erwiedere ich einst vielleicht dies Du.

Mor. Brav! das war vom Herzen weggesprochen, so höre ichs gerne. Nun muß ich fürs zweite bitten, mir den Preiß Deiner Gemählde zu sagen.

Wilh. Sind Sie reich?

Mor. Was nennst Du reich?

Wilh. Haben Sie mehr als nöthig ist um bequem und anständig zu leben?

Mor. Für Arme ja.

Wilh. Der Preiß ist 25 Dukaten.

Mor. Das ist viel.

Wilh. Ja.

Mor. Du bist vermuthlich ein Meister in Deiner Kunst?

Wilh. Man lernt immer und ich habe noch sehr viel zu lernen.

Mor. Aber die Aehnlichkeit zu fassen?

Wilh. Das gelingt mir größtentheils.

Mor. Nun das ist mir genug. Denn sieh nur, das Gemählde ist bestimmt für einen alten arabi-
schen

schen Scheick, und Du kannst leicht denken, daß unter jenen Horden die freien Künste noch in der Wiege liegen. Er versteht den Henker von Colorit, Haltung, Drapperie u. s. w. Wenn er ein Bildchen hat, welches die Züge seines Freundes ihm ins Gedächtniß ruft, so ist er zufrieden.

Fünfter Auftritt.

Omar (bringt einen Tisch und ein Glas Wasser):
Vorige.

Wilh. Ist's gefällig?

Mor. Weise mir meinen Platz an, und drehe mich, und richte mich, wie es seyn muß.

Wilh. Nur dort auf die Bank.

Mor. (setzt sich auf die Rasenbank, Wilhelm an den Tisch ihm gegenüber, und kramt seine Materialien aus).

Omar (halb leise zu Moritz): Du sprachst mit Nettchen?

Mor. Ja.

Omar: Und meine Hoffnungen?

Mor. Sind auf Flugsand eines weiblichen Herzens gebaut.

Omar. Ach! das dacht' ich wohl.

Wilh. Den Kopf ein wenig mehr rechts — so — nicht steif, nicht ernsthaft — es wird mir lieb seyn, wenn Sie sich mit jemand unterhalten.

Mor. Setze Dich her zu mir Omar, wir wollen von deinem Vater sprechen (Omar setzt sich neben ihn, sie sprechen leise mit einander, Wilhelm mahlt).

D 2   Sechs-

Sechster Auftritt.

Graf von Stierenbock und Karg (erscheinen im Vordergrunde und ziehen sich ganz herauf bis an die erste Coulisse).

Karg. Geruhen Ew. Excellenz einen Blick seitwärts fallen zu lassen, dort sitzt er auf der Rasenbank.

Graf (lorgnirend). Welcher von beiden?

Karg. Der im grauen Frack. Er trägt nie ein anderes Kleid.

Graf. Und der, welcher neben ihm sitzt?

Karg. Ist sein Bedienter.

Graf. Sein Bedienter? Ha! ha! ha! ein allerliebstes Debut, der mir den Mann auf den ersten Blick charakterisirt.

Karg. Ein Araber, den er mit aus Egypten brachte.

Graf. Immer besser, also nicht einmal von einer vernünftigen Menschenrace — Sieh, sieh, er schlingt den Arm ihm um den Nacken. Man sollte glauben, das schwarzbraune Ungeheuer sey eine sokratische Liebe.

Karg. O der Kopf dieses Mannes ist so voll von sonderbaren Grillen, als der Kopf Ew. Excellenz voller Puderstäubchen, und ich zweifle fast, ob der geschmeidige Hoffmann sich mit dem rohen Sohne der Natur vertragen werde.

Graf. Sey unbesorgt, ich weiß in jede Falte mich zu schmiegen, im Nothfall jede Maske vors Gesicht zu halten; und kröche mir ein Käfer zu

einem

einem Nasenloche hinein, und zum andern wieder heraus, so verspreche ich Dir, nicht einmal die Nase zu rümpfen. Ich habe Dir gesagt, daß in meinen Finanzen Ebbe ist, eine reiche Heirath allein kann wieder Fluth hinein bringen, und sollte auch der eble Stolz auf meine tapfern Anherrn dabei auf den Sand laufen.

Karg. O schön! schön! (Er zieht schnell seine Schreibtafel heraus und schreibt).

Graf. Was machst Du da?

Karg. Ich notire mir das herrliche Gleichniß, um es in eine meiner neusten belletristischen Schriften einzuweben.

Graf. Ich bin daher entschlossen der Schwester dieses Mannes meine Hand zu reichen, was auch Stadt und Hof dazu sagen mögen. Ich kenne ein vortrefliches Mittel den Spöttern das Maul zu stopfen, ich werde nämlich der erste seyn, der sich über meine Heirath lustig macht, und wenn meine künftige kleine Frau bei Hofe eine bêtise macht, so werde ich den grinsenden Junkern mit dem vollen Beutel um die Ohren klingeln. Ce la mettra les rieurs de mon coté.

Karg. Wenn der freigebige Bruder nur die Hälfte seiner Diamanten zum Brautschmuck bestimmt, so ist er im Stande die gemeinste Bauerdirne zur Fürstin umzuzaubern.

Graf. Der Mensch ist grimmig reich, so sagt man: desto besser! Gold ist die Folie, welche man der Ehre unterlegen muß, wenn sie etwas gelten soll.

Karg,

Karg. O schön! schön! (er schreibt wieder).

Graf. Damit aber dieser mißliche Schritt nicht umsonst gethan sey, damit ich wisse wie diesem Menschen am besten beizukommen ist, so sey so gut, mein Freund und unterrichte mich ein wenig, ehe wir näher treten, von seiner Art zu denken, zu sprechen, zu handeln, von seinen vorgefaßten Meynungen, von seinen Grillen und Thorheiten, kurz, verrathe mir die schwache Seite der Festung. Du kannst, außer den 2 Louisd'ors, welche ich Dir für das Hochzeitgedicht versprach, noch auf meine ganze Erkenntlichkeit, auf meine Protection Staat machen.

Karg. Mein Kopf und meine Zunge stehen unter Ew. Excellenz hohen Befehlen. Charaktere zu mahlen, das versteh ich trotz dem Epictet und dem Bruyere. Der Hauptzug in dem Charakter dieses Sonderlings ist der steife Glaube an Gleichheit aller Stände. Ein Graf mit Ew. Excellenz Erlaubniß, und ein Handwerker, mit Respekt zu melden, gelten ihm gleich und oft der letztere noch etwas mehr. Er bediente sich einst in meiner Gegenwart des Gleichnisses: Ein Stachelbeerbusch sey ihm lieber, als ein welker Zweig auf einer hundertjährigen Eiche.

Graf. (Eine Prise Taback nehmend). Ich kenne diese abgeschmackten Grundsätze, welche Preßfreiheit in der Welt verbreitet. Sie sind das Steckenpferd bürgerlicher Schriftsteller. Die Hunde bellen den Mond an, und mögten ihn vom Himmel herunter beißen. Nur weiter.

Karg.

Karg. Aus dieser Albernheit fließen alle die übrigen. Er ist ein geschworner Feind der wohlhergebrachten Gebräuche in der menschlichen Gesellschaft. Du! Du! so nennt er den Fürsten und den Bauer. Er setzt sich, wenn es ihm beliebt, und läßt seinen Gast stehen; man zieht den Hut vor ihm, er behält den seinigen auf dem Kopfe; man hat mit ihm zu reden, er sagt ohne Umstände; man soll ihn allein lassen.

Graf. Ich weiß genug, laß uns näher treten, und mache ihn bekannt mit meinem Stand und Namen. (Sie gehen auf Moritz zu).

Karg. Herr Eldingen, ich habe die Ehre, Ihnen Sr. Excellenz den Herrn Grafen Eugenius von Stierenbock! Erbherr auf Goldbach und Lümmerdingen, Sr. Durchl. wohlbestallten Kammerherrn, Präsidenten der Akademie der Künste, Mitglied der freien ökonomischen Gesellschaft zu Petersburg wie auch verschiedener deutschen und lateinischen Gesellschaften Ehren Mitglied —

Graf. Wozu die Litaney lieber Mann! war ich je stolz auf Titel? — Mein Herr, ich bin Graf Stierenbock kurzweg, dem Alles, was er von Ihnen sah und hörte den Wunsch abnöthigte Ihre Bekanntschaft zu machen und vielleicht — Ihre Freundschaft zu gewinnen.

Mor. (sich ein wenig gegen ihn neigend, doch ohne aufzustehen). Sehr verbunden. Meine Freundschaft ist wenig und meine Bekanntschaft ist gar nichts werth.

Graf. Immer war Bescheidenheit die Gefährtin wahrer Verdienste.

Mor. Man findet überall viele Fehler mit einigen Tugenden verschmolzen, so wie das Kupfer immer ein wenig Gold mit sich führt.

Graf. Vortreflich gedacht und gesagt. Der erste Augenblick unserer Bekanntschaft überzeugt mich, daß der geheime Wunsch meines Herzens mich nicht täuschte. — Doch — was werden Sie von meinem Eigennutz denken — wenn ich Ihnen sogleich freimüthig bekenne, daß noch ein anderes näheres Interesse mich zu Ihnen führt?

Mor. Das habe ich vermuthet.

Graf. Vermuthet? Wie?

Mor. Nur Eigennutz knüpft Menschen an Menschen.

Graf. Wo bliebe denn Wohlwollen, Freundschaft, Liebe?

Mor. Das sind nur eblere Gattungen von Eigennutz.

Graf. Ja, wenn Sie es so nehmen. Um desto eher fasse ich Muth, Ihnen ein Anliegen zu entdecken, welches das Glück meines Lebens betrifft. — Erlauben Sie — ich muß ein paar Worte allein mit Ihnen sprechen.

Mor. Seit ich aufgehört habe Kaufmann zu seyn, habe ich für Niemanden auf der Welt ein Geheimniß.

Graf. Aber ich habe Geheimnisse für diese Herren.

Mor.

Mor. So muß ich bitten, mir sie auf ein andermal mitzutheilen!

Graf. Ich — ja — ich — mein Dienst — die Neigung des Fürsten, der sich so sehr an meine Gesellschaft gewöhnt hat, vergönnen mir so selten, meine Zeit da zuzubringen, wohin mein Herz mich ruft — Sie wollen es? Es sey! — in meiner Seele ist kein Gedanke, der das Tageslicht scheuen dürfte, und ohnehin wird es doch bald kein Geheimniß mehr seyn, doch, wo das Herz warm mitspricht, da pflegt die Zunge den Dienst zu versagen. Freund Karg, jezt ist es an Dir.

Karg (nach einigem Räuspern). Scheu und schüchtern würde ich auftreten in dieser hochansehnlichen Versammlung, wenn nicht der schöne Gegenstand meiner Rede, ohne allen Schmuk und Prunk vorgetragen, mir Bürge wäre für den Beifall meiner Zuhörer. Welches Ohr könnte der Liebe seine Hörkraft, welches Herz ihr seine Fühlkraft versagen! Mich versteht nicht blos der Mikrokosmos, zu welchem ich rede, mich versteht jeder Baum, jeder Grashalm, jeder zwitschernde Vogel in den Lüften, jedes Würmchen, das sich wohllüstig im Staube krümmt.

Graf. Halt das Maul! Du bist ein Narr! — Herr Eldingen, ohne Vorrede — denn ich habe den für einen Hofmann lästigen Fehler an mir, daß das Herz mir immer auf der Lippe sizt — ich liebe Ihre Schwester und wünsche sie zu meiner Gemahlin zu machen.

Mor.

Mor. Meine Schwester? Welche von beiden?

Graf (verlegen sich schnell zu Karg wendend, heimlich). Welche ist es denn?

Karg (heimlich). Julchen.

Graf (laut). Julchen.

Wilh (verräth die größte Unruhe, er löscht wieder aus, was er angefangen, er fängt wieder an und löscht wieder aus).

Mor. Meiner Schwester steht es frei zu wählen; an sie hätte dieser Antrag gerichtet seyn müssen; ich werde mir nie anmaaßen in Herzensangelegenheiten der Vormund eines Frauenzimmers zu seyn.

Graf. So mußte ein weltkluger Biedermann mir antworten, ich konnte das voraussehen. Auch bin ich nicht hier die Hand der Schwester von dem Bruder zu erbitten, nur ein kleines hülfreiches Wort sollen Sie der schüchternen Liebe zugestehen, nur der Dollmetscher meiner Empfindungen seyn, denn in Gegenwart ihrer liebenswürdigen Schwester, würden nur meine Augen reden, und mein Mund würde verstummen.

Mor. Das heißt ich soll Julchen vorbereiten?

Graf. Ganz recht.

Mor. Das will ich wohl thun.

Graf. Meine Ruhe liegt in Ihren Händen. Jahre sind es schon, seit diese Leidenschaft mich insgeheim verzehrt. Sie wissen es, liebster Elbingen, daß nichts in der Welt mehr von eiteln Convepenienzen abhängt, als die Wünsche unsers Herzens.

Mor. Das weiß ich.

Graf. Mein Rang, mein Stand, meine Familie, der Fürst selbst, alles hat mir Hindernisse in den Weg gelegt. Man hat mir zugeredet, man hat die Waffen des Spottes gegen mich gebraucht, man hat gebeten und gedroht, — umsonst! aus jedem Kampfe mit mir selbst, gieng immer die Liebe als Siegerin hervor.

Wilh. (der sich nicht länger zu halten vermag.) Darf ich fragen, Herr Graf, wie und wo Sie die Bekanntschaft der Mademoiselle machten?

Graf. (ihn mit den Augen messend). Beinahe möcht' ich antworten; Sie dürfen nicht fragen. Doch, ich bin zu heiter gestimmt, um einen kleinen Verstoß gegen die Wohlständigkeit zu rügen. Nur gesehen habe ich das holde Mädchen, nur gesehen auf Spaziergängen und in der Kirche. O um sie zu lieben, darf man sie nur sehen.

Wilh. Da haben Sie recht (sich fassend, doch ein wenig bänglich). Nicht wahr, ihre schwarzen Augen strahlen ein Feuer —

Graf. O ihre Augen! so schwarz als Rabengefieder im Strahl der Sonne —

Karg. (ihn zupfend). Sie hat blaue Augen.

Graf. So scheint es in der Ferne, und wenn man näher tritt, so gleichen sie dem Veilchen und der Kornblume.

Wilh. Und ihr langes, goldgelbes Haar —

Graf.

Graf. Wenn es in Ringeln über ihren Busen herabwallt, immer ruft es mir das Bild der deutschen Mädchen aus dem ersten Jahrhundert ins Gedächtniß, die schöne Bissula, von welcher Tacitus erzählt —

Karg. (ihn zupfend). Ihr Haar ist aschfarbig.

Graf. Zwar hat nur die Kunst jenes goldne Haar hervorgebracht, oder auch ohne jenen gelben Puder, welchen die Mode erfand, würden ihre aschfarbigen Locken Mänerherzen bestricken.

Wilh. Und ihr großer edler Wuchs —

Graf. (welcher merkt, daß man ihn zum Besten hat.) Wozu die Aufzählung von Reizen, die sich nur fühlen, nicht beschreiben lassen (zu Wilhelm hämisch). Sie vergessen sich ganz, mein Herr Assessor. Wie leicht könnte die Vernachlässigung dieses Gemähldes Ihrem Ruhm und Ihren Einkünften Nachtheil bringen.

Wilh. Was wollen Sie damit sagen?

Graf. O nichts auf der Welt! Ich weiß, daß Herr von Moll erhaben über jede alberne Convenienz des Vorurtheils spottet, welches einem Edelmann verbietet eine bürgerliche Handthierung zu treiben, und sich dafür bezahlen zu lassen.

Wilh. Ganz recht, ich spotte darüber.

Graf. Zwar weiß ich auch, daß der Herr Assessor von Moll einen Posten bekleidet, welcher ihn reichlich ernährt; aber wer kann es ihm verargen, wenn er sucht, sich einen kleinen Schaz zu sammeln, damit, wenn er sich einst blind gemahlt,

es

es ihm nicht gehen möge, wie dem Belisaire. Ha! ha! ha!

Wilh. Mein Herr Graf —

Graf. Nicht weiter. Jeder Mensch handelt nach seinen Grundsätzen, und nur die sind die besten, welche innerlich beglücken, ohne Rüksicht auf das Urtheil der Welt. — Leben Sie wohl, liebster Eldingen! Muß ich es wiederhohlen, daß das Glük meines Lebens Ihren Händen anvertraut ist? Diesen Nachmittag seh ich Sie wieder — entzükender Gedanke! — um Sie vielleicht als Bruder an mein Herz zu drücken. (Er macht eine leichte Verbeugung und geht.)

Karg. (ihn am Rokzipfel haltend). Ew. Excellenz noch ein Wort.

Graf. Nur geschwinde.

Karg. Wollten Sie mir nicht einen Thaler auf Abschlag der zwei Louisd'or —

Graf. Ich habe nichts als Gold bei mir.
(ab.)

Karg (schüttelt den Kopf und schleicht ihm nach.)

Siebenter Auftritt.

Vorige, ohne den Grafen und Karg.

(Eine Pause. Wilhelm sucht seine Gemüthsbewegung umsonst zu verbergen).

Moritz. Du hast Dich geärgert?

Wilhelm. Ich hätte mich nicht ärgern sollen.

Mor. Nein warlich, es war der Mühe nicht werth. Aber weißt Du auch, worüber Du Dich geärgert hast?

Wilh.

Wilh. Ueber sein Faunengesicht, über sein Satyrlächeln, über seinen giftigen Ton, seine hämische Höflichkeit —

Mor. Nein Schaz, nimm mir's nicht übel, Du hast Dich geärgert, weil er beinahe Recht hatte.

Wilh. Er hatte Recht?

Mor. Ja sieh, wenn es wahr ist, daß Du ein einträgliches Amt bekleidest —

Wilh. Das ist wahr.

Mor. Von welchem Du honett leben kannst.

Wilh. Von welchem ich leben kann.

Mor. Nun so müßte die Mahlerei Deine Gespielin und nicht Deine Arbeitsdirne seyn. Werde nur nicht wieder böse, ich meine es gut, und will Dich nicht beleidigen; aber Du hast eines von denen Gesichtern, zu denen ich immer reden muß, wie ich denke.

Wilh. Du meinst also auch, ich schände meinen Stammbaum, indem ich —

Mor. Possen mit dem Stammbaum! ein gutes Herz, aus welchem die Zweige der Tugend sich verbreiten, das ist der ächte Stammbaum.

Wilh. Nun und also —

Mor. Bist Du verheirathet?

Wilh. Nein.

Mor. Hast Du vielleicht alte unvermögende Eltern?

Wilh. Nein.

Mor. So nehme ich von meiner Behauptung nichts zurück. Ein junger gesunder Mann, der vollauf zu leben hat, denkt wenig an das Spätere

und

und Sammeln. That er es doch — ei es ist recht klug, recht ersprießlich, aber es verträgt sich nicht mit unbefangener Jugend, es verräth einen klei‑
nen Hang zum Geiz, den das Alter einst vollends ausbrüten wird.

Wilh. (sehr bewegt). Du thust mir Unrecht — doch laß uns davon abbrechen.

Mor. Recht gern.

Wilh. (nach einer Pause). Wirklich — ich habe mich über den Läffen ein wenig geärgert, — so geärgert, daß meine Hand noch immer zittert. Ich kann nicht mahlen. Vergönne mir einige Mi‑
nuten Erhohlung.

Mor. Nach Deinem Gefallen. Komm Omar, laß uns einen Gang unter die Linden machen. (Er zieht ein Buch aus der Tasche). Ich will Dir einen Schaz mittheilen, den ich heute in diesem Buche fand. (Er liest den Titel). "Beschreibung der Pe‑
lew‑Inseln„ Da wirst Du ein Völkchen finden! Ja Omar es giebt noch Menschen! Ich habe ei‑
nen köstlichen Einfall. Komm, daß ich Dir ihn mittheile, und hilf mir ihn ausführen. (Er faßt ihn unter den Arm, sie schlendern zusammen fort.)

Achter Auftritt.

Wilhelm allein (den Kopf in die Hand und den El‑
lenbogen auf den Tisch gestüzt).

Glänzendes Laster gilt dem Menschen für Tu‑
gend, und heimliche, im Stillen würkende Tugend wird mit schimpflichen Vermuthungen gebrand‑
markt. Was hab' ich davon, daß ich gut bin und
recht‑

rechtschaffen handle! ich werde verkannt, und nicht blos Narren verkennen mich; auch Männer deren Urtheil einen Werth für mich hat, deren Hochachtung mich aufrichten würde, so wie ihre Geringschätzung mich niederbeugt. — Was hab' ich davon? — O Tugend! Tugend! wärst du dir nicht selbst Belohnung, keiner würde Muth haben, um Lohn jenseits des Grabes zu kämpfen.

Neunter Auftritt.

Julchen. Wilhelm.

Wilh. (in Gedanken vertieft, hört sie nicht kommen).

Julchen (steht neben ihm und legt ihre Hand sanft auf seine Schulter) Wilhelm!

Wilh. (erschrocken auffahrend). Gott! Julchen!

Julchen (mit schmelzender Stimme). Was hab' ich Dir gethan? Womit hab' ich Dich beleidigt?

Wilh. (sehr verwirrt). Du mich beleidigt? —

Julchen. Sieh, schon lange irre ich hier im Garten herum, und lausche nach einem Augenblik Dich allein zu finden — und nun da dieser Augenblik gekommen ist — läßt meine Beklemmung mich kaum reden. — Nein, ich habe Dich nicht beleidigt — und doch bist Du so verändert gegen mich.

Wilh. Verändert?

Julchen. Du meidest meine Gegenwart.

Wilh.

Wilh. Bin ich drum verändert? Auch Julchen verkennt mich!

Julchen. So rede! Was ist es denn, das Dich von mir scheucht?

Wilh. Dein Gold.

Julchen. Mein Gold?

Wilh. Die Reichthümer deines Bruders. O Du bist nicht mehr was Du warst. Ich liebte Dich — nur Gott allein weiß, wie ich Dich liebte! Alle meine Gedanken hingen an Dir, alles hatte Beziehung auf Dich! Wenn ich zuweilen ernsthaft und finster unter einem Berg von Akten saß und eine Relation machte; so konnte es mich stundenlang zerstreuen, wenn ich etwa plötzlich ein großes J schreiben mußte. Alle meine weiblichen Portraits hatten Aehnlichkeit von Dir; alle meine Handzeichnungen sahen auch wie Du. Wenn ich einen Menschen sah, der Schätze sammelte, oder wenn ich in den Zeitungen las, daß irgend ein Fürst einen Thron bestiegen hatte, so sezte ich mich an ihre Stelle und dachte, wie arm ich seyn würde, ohne Dich!

Julchen (an seinem Halse). Ach! was habe ich Dir gethan, daß Du nicht mehr so denkst!

Wilh. Ja ich bin arm ohne Dich! sehr arm! — O daß Du noch mein dürftiges Julchen wärst! Wie süß war die Empfindung, mit der ich einst jeden ersparten Groschen zurücklegte, mit dem Gedanken: dieser Groschen ist für Julchen. Noch jezt gehe ich täglich ein paarmal durch die kleine enge Straße, welche Du ehemals bewohntest, und sehe

durch

durch die niedrigen Fenster in das dunkle Stübchen, in welchem ich so manchen seeligen Augenblick gekostet. — Julchen! Julchen! zieh wieder dorthin! nahe wieder! sticke wieder! — — — — — — — — — der lieben darf!

Julchen. Versteh ich Dich recht? Wie? Du könntest mir den Schmerz gönnen, daß dein Geliebter von Noth und Mangel befreit würde? Du — — — Wilh. Nur Julchen! mich sollt' — — davon befreyet werden; Etwas später vielleicht; aber eine späte Frucht aus der Hand der Liebe war sie nicht seltener als eine frühere aus der Hand des — — — — — — — — — — — — — — — — Julchen. Gewiß guter Wilhelm; aber da es nun einmal so und nicht anders ist, so werde ich — Wilh. Es ist vorbey! Jeder schöne Traum ist ausgeträumt! Ich bedanke mich. Da! — waren genug, mich auf ewig von Dir zu verscheuchen. — — — — — — — — — — — Julchen (an seinen Hals)

Julchen (die Ohrgehänge hastig losmachend). Da nimm sie! und gieb sie dem ersten Armen, der Dir aufstößt. — — — — — — — — — — Wilh. (Ihre Hand ergreifend). Welche Quaal, wenn Gefühle Grundsätze beschämen! — — Mein Julchen, es ist fest beschlossen; ich bethle nicht um Deine Hand bei Deinem reichen Bruder; — — Julchen. Mein Bruder ist edler Mann. — — Wilh.

Wilh. Das mag seyn. Aber er, der mich nun schon geizig schilt, weil ich für Geld mahle, was würde er von mir denken, wenn ich um seine reiche Schwester würbe? Meinst Du, ich würde mich herablassen, ihn eines bessern zu belehren?

Julchen. Ueberlaß das mir.

Wilh. Du wirst ihm seine Einwilligung ablocken, ich zweifle nicht. Aber er wird doch glauben, was er will, und jedes zweideutige Gesicht von ihm wäre ein Stachel in meiner Seele, der jede Freude mir selbst in Deinen Armen verbittern würde.

Julchen (empfindlich). Das ist übertriebener Stolz, oder wohl gar nur eine Larve.

Wilh. Auch das noch!

Julchen. Du hast aufgehört mich zu lieben, und bist um einen Vorwand verlegen.

Wilh. Ach Gott! wie wohl thut man mir!

Julchen. Ruhig Herr von Moll, Sie bedürfen keiner Ausflüchte. Ich hätte keine andern Ansprüche, als die Ihr Herz mir gab. Vor dem Richterstuhl der Liebe allein konnte ich sie geltend machen.

Wilh (zieht ein Portrait aus der Tasche, welches er wehmüthig betrachtet). Tröste du mich!

Julchen. Ein Wink vielleicht. Ich habe auch noch das Ihrige. (Sie zieht es hervor.) Sollen wir tauschen?

Wilh. Gott Julchen! das kam nicht aus Deinem Herzen.

Julchen (bricht in Thränen aus, die sie zu verbergen sucht).

Wilh. Nein dies Bild soll mir nur der Tod entreissen! und auf meiner Brust soll es begraben werden! — Die frohen Stunden meines Lebens sind vorüber! was da unten im Kelche noch übrig blieb, das sind bittre Hefen. Ich werde einst vielleicht ein angesehener Mann werden, aber nie ein glücklicher Mann! — Dieser Stunde wird Julchen noch oft reumüthig gedenken. Du hast mich heute zum erstenmale in Deinem Leben bitter gekränkt. Mitleid solltest Du mir geben und gabst mir Verachtung. Verzeihe Dir der Himmel! (er geht ab).

Julchen (ihm vergebens nachrufend). Wilhelm! Wilhelm!

Zehnter Auftritt.

Julchen, allein, gleich darauf Nettchen.

Julchen (sinkt auf einen Stuhl neben der einen Statue nieder und weint).

Nettchen (kommt langsam und sieht ein wenig trübselig aus, sie betrachtet Julchen einen Augenblick schweigend, und nimmt dann an der andern Seite der Bühne die nämliche Stellung an).

Julchen. Ach!

Nettchen. Ach!

Julchen. Ich hab' ihn verloren.

Nettchen. Ich werd' ihn verlieren.

Julchen. Er verläßt mich, und ich kann ihn nicht hassen.

Nettchen (trübseelig). Ich auch nicht!

Julchen. Stolzer, edler Wilhelm.

Nettchen. Verdammter Krauskopf.-

Julchen. (Sich zu ihrer Schwester wendend). Hilf mir Nettchen!

Nettchen. Rathe mit Julchen.

Julchen. Er will mich nicht, weil ich reich bin.

Nettchen. Ich will ihn nicht, weil ich selbst nicht weiß, was ich will.

Julchen. Aber ich werde mit meinem Bruder reden.

Nettchen. Ja das werd' ich auch thun.

Julchen. Nur gut, daß ich doch endlich einmal der Sache auf den Grund gekommen bin, daß ich weiß, warum er mich floh. Diese heftige Spannung seiner Seele kann nicht lange dauern, der Stolz einer edlen Entsagung kann meinem Wilhelm den Genuß der Liebe nur auf Augenblicke ersetzen. (Sie steht auf). Nein! noch ist nicht alles verloren. Weg mit den Thränen. Ich hoffe wieder.

Nettchen. Sieh, sieh, Du bist ja recht gesprächig geworden. Bei uns wirkt die Liebe im umgekehrten Verhältniß, Dich bringt sie zum reden und mich zum schweigen.

Julchen. Liebst Du denn?

Nettchen (erschrocken). Was? Hab' ich das gesagt? das war sehr dumm, und noch dümmer wenn es wahr wäre (sich beide Ohren zustopfend). Nein, es ist nicht wahr! es ist nicht wahr! ich will

will so lange schreien, bis ich mein Herz überschreie.

Julchen. Vergebliche Mühe! Und warum auch glükliches Mädgen, wenn es nur bei Dir steht, der Liebe in die Arme zu laufen?

Nettchen. Da haben wir's! Nur geradezu in die Arme gelaufen! wie man dabei fahren wird, das findet sich wohl hinterdrein. Die Liebe ist ein Kind mit einem paar Riesenarmen, alles umfaßt sie, aber das wenigste drükt sie ans Herz.

Julchen. O du bist nicht verliebt, so lange Du noch witzeln kannst.

Nettchen. Bin ich nicht? Wirklich nicht? Ich danke, Dir Schwesterchen! (Sie nimmt sie beim Kopf und küßt sie). Du giebst mir das Leben wieder. Also wer hüpft, und singt und springt, item wer drollige Einfälle hat, der ist nicht verliebt. Ergo bin ich nicht verliebt. Ei wie muß man denn aussehen, wenn man verliebt ist? (Sie nimmt eine schmachtende Stellung an und schlägt die Augen nieder). Ach! — O! — Ach! — O! — (die Augen gen Himmel) Heiliger, keuscher Mond blick' herab auf meine Leiden! —

Julchen. Muthwilliges Geschöpf!

Nettchen. Du und unsre kleine sanfte Marie, ihr macht zusammen ein allerliebstes Pärchen. Ich wette um einen Blik aus Omars schelmischen Augen, das Mädgen ist auch verliebt, oder ist es wenigstens gewesen, und hat ein Haar darinn gefunden. Aber weißt Du auch, daß ich mich recht

warm

waren für das Mädgengesicht interessirt. Ihre
Bescheidenheit, ihre langen Augenwimpern, ihr
plözliches Rothwerden über nichts, ihre Heimlich-
keit, ihr Lächeln wenn man sie ansieht, und ihr
Seufzen wenn man sie nicht ansieht, das alles hat
so was romantisches, Neugier erweckendes, — wir
müssen das Mädchen zu unsrer Freundin machen.

Julchen. Das wollen wir, und gewissermas-
sen sind wir es ihr auch schuldig. Die Tante wird
mit ihren Launen sie genug plagen und quälen.

Nettchen. Thut Sie das, so sag ich es dem
Bruder, der sezt ihr den Kopf zurecht.

Eilfter Auftritt.

Marie. Die Vorigen.

Marie. Die Tante schikt mich her, sie sollen
beide geschwind, geschwind hinaufkommen.

Nettchen. Was giebt es denn geschwind geschwind?

Marie. Die Kanarienvögel sollen gefüttert,
und dann aus dem Benjamin Schmolk ein paar
Selten gelesen werden.

Nettchen. Konnte sie diese wichtigen Geschäfte nicht Dir anvertrauen?

Marie. Ich erbot mich dazu, aber sie meint,
ich wisse noch nicht damit umzugehen.

Nettchen. Es freilich! eine große Kunst!

Julchen. Wir müssen denn doch wohl gehen.

Nettchen. Gleich, gleich. Nun liebe Marie
wie gefällt es Dir bei uns?

E 4 Marie

Marie. Ach wenn ich nur nicht mißfalle!

Nettchen. Wenn ich ein Bube wäre, ich würde Dir über diesen Punkt einige recht artige Dinge sagen. Hast Du meinen Bruder schon gesehen?

Marie. Nein.

Nettchen. Wenn die Tante Dir zuweilen ein wenig rauh begegnet, so laß Dich da nicht anfechten; es ist ihre Art so, sie ist kränklich und macht es mit uns auch nicht besser.

Julchen. Unsere Liebe soll Dir einen Stand erleichtern, zu welchem Du nicht geboren scheinst. (Sie küßt sie und geht ab.)

Nettchen. Geboren? Ein schönes Mädgen ist geboren um zu herrschen. Vergiß das nie, und bei der ersten Gelegenheit mache Gebrauch von den Waffen, die Du da in Deinen Augen trägst. (Sie küßt sie auch und folgt ihrer Schwester).

Zwölfter Auftritt.

Marie (allein).

Bin ich allein? — werd' ich ein heimliches Plätzchen finden, wo ich Gott im Stillen danken darf, daß er der betrogenen Unschuld eine Freistatt gab? — Das hab' ich kaum gehoft, daß mir noch so wohl in der Welt werden würde. — Ein paar liebe fromme Mädgen nicht gebieterisch nicht über die Achsel anschauend. Ach ja! nur der versteht reich zu seyn, der einst arm war. Auch die alte Tante — zwar ein wenig mürrisch und

gräm-

grämlich. — Aber, mein Gott! sie hat auch einen bösen Husten. Nein, ich bin zufrieden. Sparsamkeit wird mich, und auch mein anderes ich ernähren. Hier will ich zu vergessen suchen — (mit einem Seufzer) daß man mich vergaß (Sie will gehen).

Dreizehnter Auftritt.

Moriz. Marie.

Mor. (stuzend da er Marien erblickt). Hübsche Kleine, wer bist Du?

Marie (trocken). Mein Herr, ich diene in diesem Hause.

Mor. Und ich befehle in diesem Hause. Es kommt mir aber beinahe vor, als seyst Du zum Befehlen geboren, und ich zum Dienen.

Marie (mit bescheidener Freundlichkeit). Sie sind vielleicht der Bruder meiner Herrschaft?

Mor. Recht mein Schaz.

Marie. Ich bitte um Ihr Wohlwollen.

Mor. Das hast Du mir schon genommen. Höre schönes Kind! als ich dich frug! wer bist Du? da fertigtest Du mich kurz und trocken ab: mein Herr ich diene in diesem Hause. Nun, da Du hörst, ich sey der Bruder meiner Schwestern, bezahlst Du mir die Verwandschaft auf der Stelle mit einem freundlichen Blick. Ich muß Dir aber sagen, daß ich das nicht leiden kann, wenn man mich freundlich ansieht aus irgend einer fremden Ursache. Das Lächeln eines hübschen Mädgens will ich nur mir selbst verdanken.

E 5 Marie.

Marie. Das Mädgen, das zum Erstenmal Sie sieht und gleich zuvorkommend lächelt, dessen Lächeln ist wenig werth.

Mör. (stutzig) Meinst Du? — Du magst Recht haben.

Marie. Es giebt Gesichter, welchen die Natur den Zauber gab, das Zutrauen der Menschen auf den ersten Blik zu fesseln. Sie, mein Herr, sind ein solcher Günstling der Natur. In Ihrem Auge steht die Zusicherung: Ein ehrliches — (fassend) ein ehrliebendes Mädgen wagt nichts bei Ihnen. Ich arme Waise habe eine Freistadt in Ihrem Hause gefunden; Sie werden mich nicht wieder wegjagen.

Mör. Wegjagen? Ließ ich Dich so etwas befürchten?

Marie. Beinahe.

Mör. (rasch) Wann?

Marie. Würden Sie mich schelten, närrisch seyn; ich wollte es gern ertragen, mein Diensteifer sollte Ihnen Ihr Wohlwollen abtrotzen. Aber Sie sehen mich kaum, und schmeicheln mir, und nennen mich hübsch; das macht mich schüchtern. Ein unbekanntes Mädgen schön nennen ist ein Versuch, ihre Tugend zu bestechen. Lieber Herr! sehn Sie nicht so mich an, gerade ein solcher Blick ist es, der mich aus Ihrem Hause jagen könnte.

Mör. Du fürchtest die Männer?

Marie. Ach ja!

Mör. Du hast Erfahrungen gemacht.

Marie. Ich bin 19 Jahr alt.

Mor

Mor. Freilich, das war eine dumme Frage. Erzähle mir doch ein wenig schönes Kind — gutes Kind wollt' ich sagen: was hat die arge Welt Dir Leides gethan?

Marie. Soll ich die erste Stunde in Ihrem Hause einer bittern Rückerinnerung widmen?

Mor. Mädchen Du sprichst gut, und in Deinen Augen steht noch weit mehr als Du sprichst. Wie wenn Du vergäßest, daß der Zufall ungerecht gegen Dich war, daß Du nur meiner alten Taute Kammermädchen bist? Wie wenn ich Dein Bruder wäre? —

Marie. So würde ich sagen: lieber Bruder, laß mich zufrieden. Mein Kummer ist mir lieb geworden. Dulden und Schweigen wird dem nicht schwer, den fremdes Mitleid niederdrücken würde.

Mor. Und ich, — ich würde sagen, die Natur hat einen albernen Streich gemacht, als sie Dich zu meiner Schwester schuf; oder die Menschen waren von Sinnen, als sie der Natur das Gesez unterschöben: ein Bruder darf nicht seine Schwester lieben, als ein Weib. Denn sieh, ich fange an Dich lieb zu haben. Dank sey dem Himmel, daß wir nicht Geschwister sind! Seit meinen Jünglingsjahren, seit ich in die Welt trat, sind überall meine Lieblingsneigungen mit Vorurtheilen zusammengestoßen. Das hat mich zum Ritter gemacht, zum Erbfeind aller menschlichen Thorheiten. Mein ganzes Leben war ein ununterbrothener Kampf gegen Vorurtheile, immer bereit mich mit ihnen herumzuschla zuschlagen, wie der Maltheser mit dem Muselmann, es hat mir manche Freude verbittert, manche ganz zu Wasser gemacht. Bedaure mich schönes Mädchen! ich hatte das nicht verdient, denn ich bin immer ein ehrlicher Kerl gewesen. (Er ergreift sie liebkosend bei der Hand). Und wenn Du mich bedauerst, so hast Du nur noch einen kleinen Schritt zu thun, bis zu dem Wunsch, die Ungerechtigkeit des Schiksals wieder an mir wieder gut zu machen. Ich habe mich so oft über Vorurtheile ärgern müssen, in Deinen Armen würde ich nur darüber lachen.

Marie (ihre Hand zurükziehend). Sie vergessen, mein Herr, daß weibliche Tugend kein Vorurtheil ist. (Sie entfernt sich schnell).

Vierzehnter Auftritt.
Moritz allein.

(Sieht ihr einige Augenblicke schweigend nach). Doch, doch, liebes trotziges Mädgen! weibliche Tugend ist nur Vorurtheil. — Der Europäer vertheidigt sie mit dem Schwerdte, und der Thunguse verkauft sie für eine Blase voll Thran; der Morgenländer sperrt sie hinter Riegel und Schloß, und der Neger verhandelt sie an den Meistbietenden. — Aber so sind die Weiber, das heißt die schönen Weiber. Sie hauen überall den Knoten entzwei. „So ist es! So soll es seyn!„ Wir schreiben dicke Bücher und Niemand glaubt uns; sie sprechen ein Wort, und die hochweisen Männer lallen summt.

sämmtlich ein demüthiges Ja! — Das Mädgen mit dem warmen Frühlingsgesichtgen hat mir den Kopf verrückt, — (nach einer Pause) nein, das Herz hat sie mir verrückt! — das ist zu arg! Osten und Westen durchreist, überall mit heiler Haut davon gekommen, und hier in diesem Winkel der Erde.— Lieber Gott! ist man denn nirgends vor den Weibern in Sicherheit? (ab).

Ende des zweiten Akts.

Drit

Dritter Aufzug.

Erster Auftritt.

(Omar ist beschäftigt den Anfangsbuchstaben von Nettchens Namen in einen Baum zu schneiden. Moritz
tritt nachdenkend mit heruntergeschlagenem Hute von der
andern Seite auf und spielt mit einer Rose zwischen
den Fingern, an welcher er zuweilen riecht).

Moritz (als er den Omar erblickt). Was machst
Du da?

Omar. Ich mache einen Baum stolz. Er
soll Deiner Schwester Namen tragen.

Mor. (sich von ihm wendend). Warlich! diese
Frühlingsluft ist Hauch der Liebe! Alles liebt! —
(zu Omar). Eben hab' ich dort im Busche ein Hänf-
lingsnest entdeckt. Die Mutter flatterte so scheu
und doch so dreist in kleinen Cirkeln um meinen
Kopf herum. Höre Omar; (mit dem Finger zeigend)
dort im Busche! Sorge dafür, daß kein muthwilli-
ger Knabe es zerstöhrt.

Omar (immer mit seiner Arbeit beschäfftigt). Das
will ich gern.

Mor. (abgewendet). Alles liebt! alles baut
Nester! — (zu Omar). Es ist heute ein warmer
Frühlingstag. Meine alte Tante hat zum erstenmale ihr Fenster geöffnet. Du hätteft sehen sollen,
wie die Kanarienvögel in ihrer Hecke munter und lebendig

fertig wurden, wie sie von Sproße zu Sproße
hüpften und Baumwolle zu Neste trugen. Meine
Schwester Nettchen stand auch dabei.

Omar (sich rasch umdrehend). Stand auch
dabei?

Mor. Und lachte.

Omar (unwillig). Und lachte?

Mor. Und lächelte, wollt' ich sagen.

Omar (freundlich). Und lächelte? — und holte
ein wenig tiefer Athem, als vorher?

Mor. So kam es mir vor.

Omar. Ach! (er fährt fort in den Baum zu
schneiden).

Mor. (übermannt). Alles liebt! alles baut
sich Nester! Menschenaugen schwimmen in Wollust-
thränen, und selbst ein solcher Seufzer ist Wollust
(zu Omar). Hast Du gesehen, wie die Schwalben
unter unserm Dache, zwitschern und schwirren, ein
und ausschlüpfen und ihr lustiges Wesen treiben? —
Lieber Omar, sorge dafür, daß kein reinlicher Haus-
knecht mir meine Gäste verjagt.

Omar (sich zu ihm kehrend). Wenn der süße
lebendige Wirrwarr in der ganzen Natur Dir so viel
Freude macht, warum bau'st Du Dir nicht selbst
ein Nest?

Mor. (Nachdem er einige Augenblicke geschwiegen).
Sieh diese Rose.

Omar. Sie ist schön, nur eben aufgeblüht,
und riecht. — Er streckt die Hand darnach aus).

Mor. (zieht sie schnell zurück und legt die Hand
auf den Rücken). Nein guter Freund! der Genuß
sey

sey nur mir vorbehalten. — Ich habe ein Mädchen gefunden!

Omar. Ein Mädchen?

Mor. Vor wenig Minuten sah ich das lieblich, sittsame Geschöpf. Mich dünkt ich liebe!

Omar. Seit wenig Minuten?

Mor. Wie viele Minuten braucht der Hänfling sich eine Sie zu wählen?

Omar. Nur mit dem kleinen Unterschiede: der Hänfling wählt auf einen Sommer, und wir auf Sommer, Herbst und Winter unsers Lebens.

Mor. Wer sagt das?

Omar. Der Tyrann aller Völker, die Gewohnheit.

Mor. Aller Völker Tyrann, aber nicht der meinige. Wenn mein Weib mir nicht behagt, so nehm ich mit morgen ein anderes.

Omar. Und übermorgen nimmt Dich keine mehr.

Mor. Aber Omar der Hänfling ist ein Narr, wenn er jeden Sommer unbeständig wechselt. Er ist ein Narr, er versteht sich nicht auf seinen Vortheil, sein Vergnügen. Eine neue Geliebte ist eben so unbequem, als ein neues Kleid. Das engt Dich um die Brust, das spannt Dir unter den Arm, und ist das Zeug ein wenig steif, so schmiegt sichs nicht in die gewohnten Falten, dem armen Wichte ist zu Muthe, wie Dir Morgenländer, als Du zum erstenmale europäische Kleidung trugst. Wir Deutschen haben ein Sprüchwort: alte Liebe rostet nicht.

nicht. Ein wahres Wort, mein Freund! denn neue und alte Liebe verhalten sich zu einander wie Gallakleid und Schlafrock. O wie wohl ist einem, wenn man des Abends aus einem steifen Cirkel nach Hause kehrt, und sich in seinen lieben alten Schlafrock werfen darf.

Omar. Von Deinem Gallakleide war die Rede.

Mor. Ich will es zum Schlafrock machen. Den Alltagsmenschen fesselt die Gewohnheit an sein einziges Weib, und mich Bequemlichkeit, Vergnügen. Er darf nicht wechseln und ich will nicht.

Omar. Nenne mir meine künftige Gebieterin.

Mor. Deine Freundin! — Eine schöne Blume nicht im Treibhaus von der Hand des Gärtners groß gezogen, sondern unter Gottes freiem Himmel lieblich aufgewachsen. Ein Mädchen von der Natur zur Fürstin geboren, und von der Convenienz zur Kammermagd gedrechselt — Marie —

Omar. Die bei der alten Tante —

Mor. Eben die —

Omar. Ein hübsches Mädchen! und wenn sie gut ist, ein schönes Mädchen! aber nichts fürstliches habe ich an ihr gesehen.

Mor. Was nennst Du fürstlich? — Armer Wicht! — Alles was Gewalt giebt über die Menschen, das ist fürstlich. Ein gescheuter Kopf, ein Schwerdt in der Hand und ein voller Beutel, all' das ist fürstlich; und ein schönes Mädchen königlich! denn Schönheit hat oft vollendet, was

Klug-

Klugheit und Schwerdt vergebens wagten. — Du lächelst?

Omar. Vergieb. Ich dachte mir eben den Moritz, wie er so manchesmal von einer artigen Dirne zurück kam, mich gähnend auf die Schulter klopfte und sprach: „Der alte Graubart Plato hatt „Recht; die Weiber haben keine Seele. Ein Zeit „vertreib von wenigen Minuten — und man gähnt!" —

Mor. Geh lieber Omar, sende mir Marien her, daß ich in ihren Armen diese Lästerung büße.

Omar. Eine strenge Buße! — bist Du schon so weit mit ihr, daß ich zu einer heimlichen Zusammenkunft sie herbestellen darf?

Mor. Ach nein! — Du mußt einen Vorwand suchen — da steht noch allerlei wegzuräumen — sag, ich hätte befohlen, —

Omar. Befohlen?

Mor. Nun ja zum letztenmale befohlen. —

Omar (lächelnd im Abgehn). Um dann auf immer zu gehorchen.

Zweiter Auftritt.
Moritz allein.

Gehorchen? — Warum nicht? — Was ist gehorchen für den freien Mann? Gehorch' ich nicht der Sonne, wenn sie mir winkt mich in ihrem Strahl zu wärmen? Gehorch' ich nicht der Tugend, wenn sie mir gebietet eine edle That auszuüben? — Ja, so werd' ich auch Marien gehorchen. — Thun
wollen

wollen was man thun darf; folgen, wo Natur und Herz gebieten; das ist die Freiheit des Weisen! — Sonderbar! — seit diesen wenigen Minuten entwickeln sich hundert neue Begriffe in meinem Kopfe. Ich denke so manches hell und klar, was ich nie dachte, und doch kommt es mir vor, als habe es nur da (auf den Kopf deutend) geschlummert. Alles ist plötzlich erwacht, ich weiß nicht wie. Ein Wirrwar in meinem Gehirn! ein Wirrwar in meinem Herzen! die jungen neugebornen Begriffe da wollen die alten verschlingen; die zarten, neugebornen Gefühle hier wollen die alten verdrängen — die alten? Was hab' ich denn vorher gefühlt? — Nichts! gar nichts! — (bewegt) Ich fühle heute zum erstenmale! — (er trocknet sein feuchtes Auge). Ich bin! — ich fühle daß ich bin! — und der ganze Wirrwar löst sich auf in das göttliche Gefühl meines Daseyns! —

Dritter Auftritt.
Marie. Moritz.

Mor. (auf sie zugehend). Süßes Mädchen vergieb mir! ich habe Dir vorhin allerlei Armseligkeiten vorgeschwatzt. Hundertmal gesagte Dinge bringen bei Hunderttausenden immer dieselbe Wirkung hervor. Ich zählte auch Dich unter den großen Haufen und habe mich geirrt. Weg mit der feierlichen Mine! ich bin kein Laffe und auch kein Wollüstling. Was ich jetzt Dir sagen und Dich fragen werde, ist mir Ernst. (mit der Hand auf die Brust). Gott sieht mich! ich habe keinen höhern Schwur.

Marie.

Marie. Was soll das?

Mor. Du gefällst mir. Willst Du den Genuß des Lebens mit mir theilen?

Marie. Mein Herr, für Geld kann man alles kaufen, leider sogar nicht selten die Ehre eines Mädchens! doch nicht die meinige (sie will fort).

Mor. (sie zurückhaltend). Du hast mich mißverstanden. Du kennst nicht meine Art zu denken, aus ihr fließt meine Art mich auszudrücken. Den Genuß des Lebens mit mir zu theilen, kann nur mein Weib, meine Gattin. Das wirst Du seyn! doch mir gilt Priester=Seegen weniger als Band der Liebe. Keine Formel, nur mein Herz kann meine Treue Dir verbürgen. Bist Du aber mit andern Begriffen groß geworden, wohlan! gieb mir Deine Hand und führe mich zu dem ersten besten Ehrenmanne, der für ein paar Thaler es übernimmt, unsern Bund in das Protocoll des Himmels einschreiben zu lassen.

Marie (höchst erstaunt). Mein Herr — das Gerücht trägt sich mit hundert sonderbaren Zügen Ihres Charakters, aber was ich heute selbst erfahre, übersteigt dennoch meine Erwartung.

Mor. Nun ich habe doch in meinem Leben nichts alltäglicheres gethan. Es ist ein wunderliches Ding um die vorgefaßten Meynungen der Menschen. Da heißt es überall, der Moritz sey ein sonderbarer Kauz, der immer seinen eigenen Weg sich bahne, nie thue was andre thun, nie denke was andere denken. Tausende heirathen, und man findet

det das sehr natürlich; aber der Moritz will heirathen — ei! das findet man erstaunenswürdig.

Marie. Nicht doch, nur die Art und Weise. Sie sehen mich heute zum Erstenmale —

Mor. Ich höre Dich kommen, aber nur eine Frage, liebes Mädchen: sind denn die Ehen immer die besten, wo man Jahre lang wählt? Jahre lang im Brautstand schmachtet? ehrerbietig um eine schöne Blüte herumtrippelt, die man brechen dürfte, die man aber ganz geduldig zu einer überreifen Frucht werden läßt? Glaube mir! wer von seinem Herzen und dem Zufall rasch sich leiten läßt, wird seltener betrogen als der Wohlbedächtige, der an der Krücke seines Verstandes herumhinkt, die Brille des Interesse auf die Nase setzt und ein Weib für seine Wirtschaft, nicht für sein Herz sich sucht.

Marie. Was nennt ihr Männer denn ein Weib für euer Herz? In euren trunknen Augenblicken, wo alles körperlich an euch ist, wähnt ihr immer, euer Herz sey mit im Spiele. Ein holder Blick aus einem schönen Auge — „Ach! das hat „mein Herz getroffen!" ein sanfter Druck von einer weichen Hand — „Ach! das ging mir bis ans „Herz!" Es ist nicht wahr! ihr überredet euch, daß sey Genuß! nein, ihr **begehrt** nur; und ach! sobald ihr aufgehört habt zu begehren — verschwunden ist das Mädchen eures Herzens! an ihrer Stelle — (sie gähnt) steht ein Weib.

Mor. Wahr Du allerliebste Schwätzerin! wenn Du von den Weibern sprichst, wie sie gewöhnlich sind: denn an denen ist blutwenig zu begehren.

Aber

aber ein Weib das in einer Stunde verliebten Tändeleien ihre Reize leiht, und in der andern an meinem Busen meinen Kummer theilt; in der andern — eben nicht den Phädon, aber doch den Wieland mit mir liest, ein solches Weib läßt den glücklichen Gatten immer begehren und immer genießen. Ein solches Weib bist Du! schlag ein! es soll Dich nicht gereuen.

Marie. Nein mein Herr, Sie vergessen, daß Ihr Geschlecht oft Dinge thun darf, die man dem unsrigen nie verzeiht. Der Mann darf rasch in den Ehestand hinein gallopiren, das Mädchen darf nur Schritt vor Schritt ihm sittsam folgen. Ich kenne Sie nicht.

Mor. Aber Du hast von mir gehört? Moritz, der Sonderling ist das Märchen der Stadt! Wohlan! was hast Du von mir gehört? Ein Mann ist selten schlechter als sein Ruf, oft aber besser. Man wird vielleicht mir hin und wieder Lächerlichkeiten aufbürden, doch wer mag einer unedlen That mich zeihen? — daß ich in schönen Sommernächten unter dem gestirnten Himmel herumspatziere, wenn andre Leute sich schlafen legen, oder Faro spielen; daß ich zuweilen des Morgens um 6 Uhr zu Mittag esse, und des Abends Kaffee trinke; daß ich immer und immer in meinem grauen Frack erscheine und am Sonntage mein Haar nicht weißer pudern lasse, als am Sonnabend; all' das gehört nicht zum Wesen des Menschen, es ist nur der Nahmen des Gemähldes. Laß den Rahmen immerhin ein wenig in chinesischen Geschmack geformt seyn, wenn

nur

nur das Gemählde wahr und unverdorben ist, wie es aus der Hand des großen Meisters hervorging. Und wahrlich, das ist es! mein ungepudertes Haar beschattet einen denkenden Kopf, unter meinem simpeln Frack schlägt ein warmes Herz. Sieh' Mädchen, wie ich da vor Dir stehe — einige Kleinigkeiten abgerechnet — halte ich mich für einen der besten Menschen in der ganzen Welt. Nimm das nicht für Eitelkeit, für stolzen Wahn; ich fühle daß ich gut bin, warum soll ichs nicht sagen?

Marie. Gewiß, auch ich fühle, daß ein Biedermann zu mir spricht, diesen Ton ahmt kein Schurke nach. Aber —

Mor. Ich hoffe, dieses Aber ist das letzte Opfer, welches Du der jungfräulichen Sittsamkeit bringst?

Marie. Nein, mein Herr, dies Opfer bring ich meiner Pflicht. Es wird mir schwer, Ihre Hand auszuschlagen. Desto besser! ich danke Ihnen! ich fange an, mich selbst wieder hochzuachten.

Mor. Räthsel liebes Mädchen! gieb mir Gründe, vernünftige Gründe, und wenn Du keine hast, so sprich ein rasches Ja! bei Gott! es soll Dich nicht gereuen.

Marie. In meinem Herzen wohnt nur ein Grund, aber für Sie hab' ich mehrere Gründe. Ich bin eine arme vaterlose Waise. —

Mor. Ei über den schönen Grund!

Marie. Mein Vater war nur ein armer Handwerker.

Mor.

Mor. Ueber den schönen Grund!

Marie. Meine Mutter —

Mor. (Sie ein wenig ungeduldig unterbrechend). Ich will ja Deine Mutter nicht heirathen, liebes Kind. Geh' zu ihr, laß Dir ihren Segen geben und komm zurück an mein Herz. Oder ist sie arm? Vermuthlich. Nun ich habe Geld genug, was mein ist, ist auch Dein.

Marie (gerührt). Braver Mann!

Mor. Oder meinst Du, ich würde mich ihrer schämen? Führe sie her zu mir, und wäre sie in Lumpen gekleidet, der erste Platz an meinem Tische sey der ihrige.

Marie (sehr bewegt). Edler Mann!

Mor. Pfui Kind! das ist nicht Edelmuth. Ein gutes Gedächtniß und weiter nichts: ich vergesse nie, daß ich ein Mensch bin. — Doch wenn Du es dafür nehmen willst, immerhin! ich mögte gern in Deinen Augen ein wenig mehr gelten, als ich wirklich werth bin. — Nun? Deine Gründe?

Marie. Ach!

Mor. Du sprachst von einem Grunde der in Deinem Herzen wohne? Laß mich den wissen. Die Gründe da (aufs Herz deutend) sind freilich schwerer zu bestreiten, als die Gründe hier; (auf den Kopf zeigend): Aber laß mich das versuchen.

Marie (sehr verlegen). Ich — ja — ich will mich Ihnen zeigen wie ich bin — in wenig Augenblicken — ich verlasse Sie — in einer Viertelstunde bin ich wieder bei Ihnen.

Mor.

Mor. Was soll das? Warum nicht gleich?

Marie. Lassen Sie mir immer noch eine Viertelstunde lang den süßen Wahn, von einem Biedermanne geliebt zu werden (ab).

Vierter Auftritt.

Moritz allein.

(Er ist bestürzt. Seine Blicke folgen ihr. Nach einer Pause). Was will sie damit sagen? (Er lehnt sich in der Stellung eines Nachdenkenden, den Blick an die Erde geheftet, an die eine Bildsäule, indem er die Worte wiederholt). Was zum Henker will sie damit sagen?

Fünfter Auftritt.

Dietrich Moll mit einem Stelzfuß, an einer Krücke gehend. Moritz.

Dietr. (ein wenig hastig). Mein Herr, ich bin Ihr Diener.

Mor. (dreht den Kopf nach ihm, betrachtet ihn, und sagt trocken): Das bist Du nicht.

Dietr. Nun, nun, es ist so eine Redensart.

Mor. Ich bediene mich keiner Redensarten (er versinkt in seine vorige Stellung).

Dietr. Nicht? Nun so spielt der Herr eine traurige Figur in der Welt: denn heut zu Tage ist alles Redensart. Die Freundschaft ist eine Redensart, die Tugend ist eine Redensart, und das ist fein bequem, denn eine gewisse Art zu handeln ist immer schwerer, als eine gewisse Art zu reden. „Sieht der Herr, ohne Redensarten kommt der Herr in unsern besten Gesellschaften nicht fort. „Ihr gehorsamer Diener mein Herr! — „ganz gehorsamer Diener! — wie befinden Sie „sich? — recht wohl, Ihnen aufzuwarten — Und „die Frau Gemahlin? — so ziemlich und die liebe „kleine Familie? der jüngste macht Zähne. — Wie „steht's den übrigens mein bester Freund? — im-„mer noch beim alten — Sie sind von meiner „Freundschaft überzeugt (Er macht die Pantomine des „Handschüttelns). Wenn ich Ihnen irgendwo dienen „kann, so befehlen Sie über mich, es wird mir eine „wahre Freude seyn. — Aber böser Freund, man „sieht Sie so selten, Sie machen sich rar. — Bitte „gehorsamst, man wird mich nirgends vermissen. — „Böser Mann! Sie versündigen sich an der Freund-„schaft." — Sieht der Herr, so jagt immer eine Redensart die andere, und wenn die Redensarten nicht wären, so würde mancher feine Herr — o Wunder! nicht zehn Worte zu sagen wissen, und manche geschwätzige Dame — o Wunder über Wun-der! — ganz still schweigen.

Mor. (der gar nicht auf ihn acht gab). Was zum Henker wollte sie damit sagen?

Dietr. Was ich damit sagen will? Nichts auf der Welt mein Schatz. Eine alltägliche Wahr-heit, von der Sie sich heute oder Morgen in jedem bunten Zirkel überzeugen können. Auch kam ich wahrlich nicht hieher, um Redensarten auszukra-men. Ich will wissen, ob der saubere Herr Graf von Stierenbock bei Ihnen gewesen? oder ob er

noch

noch kommen wird? und wenn? — Nun ich bitte mir eine Antwort aus? — He! — träumt der Herr?

Mor. (ein wenig auffahrend). Wer bist Du? Was willst Du?

Dietr. (zurückprallend). Du? — Bomben! Mörser und Cartaunen! sieht der Herr nicht, daß ich Offizier bin? Meynt der Herr, weil mein linkes Bein bei Quebec begraben liegt, ich könne den rechten Arm auch nicht mehr rühren?

Mor. (gelassen). Du mußt mir das nicht übel nehmen, guter Freund, ich nenne alle Menschen Du.

Dietr. (beruhigt). So? Ein Quäker also? Nun in Gottes Namen! ich bin's zufrieden. Höre Bruder Eldingen ich frug, ob der Graf von Stierenbock bei Dir gewesen?

Mor. Diesen Morgen, ja.

Dietr. Wird er wiederkommen?

Mor. Er versprach es.

Dietr. Das beweißt noch nichts. Hat er ein Interesse wieder zu kommen?

Mor. Ich denke, ja.

Dietr. Nun dann kommt er wohl. Du wirst mir erlauben hier ein wenig auf ihn zu warten. Ich verfolge den Windhund schon seit drei Stunden. Zuerst war ich vor seinem Hotel, da schnarchte ein großer viereckigter Taugenichts mir entgegen: „Sr. „Excellenz sind nicht zu Hause." Er sah dabei mitleidig herab auf mein hölzernes Bein, und strich sich seine dicken Waden. Ja, ja mein Freund, gesunde Waden gelten freilich mehr, als kranke Stelzfüße.

füße. Von da hinkt ich zu einer Operntänzerin, die gar weidlich auf ihn schimpfte, und mich versicherte, sie lasse die Excellenz schon seit einiger Zeit nicht mehr über ihre Schwelle kommen. Seit einiger Zeit, verstehst Du Bruder Elbingen? das heißt: seitdem er kein Geld mehr hat. Von da trollt ich aufs Kaffeehaus. Eine Minute früher, so hätte ich ihn erwischt. Er hatte eben à Conto 100 Dukaten verloren, und war sehr übler Laune hinaus auf die Heilgenwiese gefahren, um mit einem Luftballon in die Höhe zu steigen. Wenn er den Hals nicht bricht, so wird er von dort wohl zu Dir kommen.

Mor. Was willst Du denn von ihm?

Dietr. Ich will mich mit ihm schlagen.

Mor. Schlagen? Duelliren?

Ditr. Ja auf Degen oder Pistolen, er hat die Wahl.

Mor. Weißt Du auch, daß diese Art sich Recht zu schaffen, eines der grausamsten Vorurtheile ist, welche die Welt vergiften.

Dietr. Das geht mich nichts an, ich hab' es nicht erfunden.

Mor. Die beleidigte Ehre soll es rächen, aber was ist Ehre?

Dietr. Ehre? Glaubst Du, ich wisse nicht was Ehre sey (er schlägt auf den Degen). Hier ist die Ehre!

Mor. Dein Degen ist nur ein Mittel Ehre zu erringen, doch wahrlich nicht im Zweikampf! Ehre ist der moralische Werth, welchen das Urtheil eines Biedermanns uns beilegt.

Dietr.

Dietr. Das kann seyn, aber ich muß mich mit dem Grafen schlagen.

Mor. Den Biedermann überzeuge ich von diesem moralischen Werth nicht durch meinen Degen, sondern durch meine Handlungen und den Thoren — will ich nicht überzeugen.

Dietr. Das kann alles seyn, aber ich muß mich doch mit dem Grafen schlagen.

Mor. Wenn ich brav bin und edel, und ein Schurke denkt oder redet böse von mir, so macht das ihm Schande, nicht mir.

Dietr. Das ist wahr, aber ich muß mich hohl mich der Teufel mit dem Grafen schlagen.

Mor. Was hat er Dir gethan?

Dietr. Mir? Nichts auf der Welt. Aber meinen armen Bruder hat der Großsprecher beleidigt, und mich in ihm.

Mor. Wer ist Dein Bruder? Ist er nicht Mannes genug seine eigne Sache zu führen.

Dietr. Beim Himmel! das ist er. Wilhelm von Moll hat das Herz auf dem rechten Flecke. Aber er steht hier in Civildiensten, der Fürst ist scharf und mein guter Bruder hat hundert Rücksichten zu nehmen, die bei mir wegfallen.

Mor. Wilhelm von Moll? Das ist der junge Mahler?

Dietr. Der nämliche, der diesen Morgen hier war. Nun? Du bist dabei gewesen?

Mor. Ja, und ich muß gestehn, die Art mit welcher der Graf zu deinem Bruder redete, war beleidigend, wenn anders ein Verständiger von einem

Tho-

Thören beleidiget werden kann. Der Grundsatz: Dein Bruder schände seinen Adel, weil er sein Talent sich bezahlen läßt, ist ein abgeschmackter Grundsatz. Aber das wirst Du mir zugestehen, daß ein junger Mann, der ein einträgliches Amt verwaltet, das ihn nährt und kleidet, immer durch eine solche Handlung eine unedle Haabsucht verräth. Wäre ich an Deines Bruders Stelle, ich würde dies schöne Talent als einen Zehrpfennig betrachten, und sprechen: „welcher Schurke darf mich necken um des lieben täglichen Brodtes willen? Ich werfe ihm mein Amt und meinen Titel ins Gesicht, ergreife den Pinsel und wandre zum Thor hinaus." O Du glaubst nicht, wie das Muth schaft im Leben und Würken, wenn man auf einen solchen Hinterhalt trotzen darf. Aber Dein Bruder hat sein Talent verunedelt, indem er es zum Sklaven erkünstelter Bedürfnisse macht.

Dietr. Höre Bruder Elbingen, urtheilst Du immer so voreilig?

Mor. Oder vielleicht will er Schätze sammeln? Das ist auch kein Handwerk für sein Alter.

Dietr. Bei meiner armen Seele! Du hast voreilig geurtheilet — (er wischt sich eine Thräne aus dem Auge). Bruder Wilhelm! — guter Bruder Wilhelm! — Pfuy! ich glaube beinahe ich könnte mich schämen, und lieber schweigen und dich verläumden lassen. Heraus damit! (zu Moris). Ich halte Dich für einen braven Mann. Thäte ich das nicht, mit dem Degen in der Faust hätte ich Dir geantwortet. Du meynst, Wilhelm mahle, um
sei=

seinen Gaum zu kitzeln? Oder seinen Körper zu erquicken? Oder eine Maitresse zu bezahlen? — Nein! — Wilhelm mahlt, um seinen Krüppel von Bruder zu ernähren! — (er weint heftig).

Mor. (fällt ihm um den Hals und drückt ihn heftig an seine Brust). Glück zu! wieder ein paar Menschen gefunden!

Dietr. Ich war von Jugend auf ein roher Bursch, hatte nicht Lust viel zu lernen, habe nichts gelernt. Ich wurde Soldat und zog in die neue Welt. Den Kopf hätte ich lieber entbehrt als das Bein. Man setzte mich auf halbe Löhnung, das ist kaum so viel, daß ich meine Krücke bezahlen kann. Ich kam zurück. Mein Unglück, meine Armuth, Langeweile warfen mich aufs Krankebette, da lag ich anderthalb Jahr und hätte verschmachten müssen ohne meinen Bruder. Bis tief in die Nacht hinein hat er gesessen und gearbeitet, daß ihm, wenn er des Morgens aufstand die rothen dicken Augen Thränten. Alles was ich bin und habe ist sein! der Rock den ich auf dem Leibe trage ist sein! (heftig bewegt). Und mein Herz! mein Herz ist ewig sein.

Mor. Mann! gieb mir Deine Hand! Laß uns Freund seyn! ich that Deinem Bruder Unrecht, ich will ihm das abbitten. O dürft ich für den edlen jungen Mann etwas thun, ohne seinen Stolz zu beleidigen.

Dietr. Das darfst Du, und ich will Dir sagen wie?

Mor.

Mor. Sprich! ich bin reich, darf ich mit ihm theilen?

Dietr. Wilhelm von Moll mahlt für Geld-Urtheile ob er Geschenke nimmt.

Mor. So habe ich nichts ihm anzubieten, als meine Freundschaft —

Dietr. Und Deine Schwester Julchen —

Mor. Mit einem Brautschatz von 10,000 Dukaten.

Dietr. Da nimmt er sie nicht.

Mor. Wie?

Dietr. Seit vier Jahren liebt sich das junge Paar und hofft und wünscht. Der alte Rath, der im Justiz=Collegio über meinem Bruder sitzt, ist nahe an die siebenzig. Stirbt er heut oder Morgen, so rückt Wilhelm in seine Stelle, hat zu leben mit Weib und Kind und heirathet Julchen. Sieh' so standen die Sachen, als Du mit Deinem verdammten Reichthümern zurückkehrtest. Seitdem hat mein armer Bruder keine frohe Stunde.

Mor. Das kann nicht seyn. Alles Gold der beiden Indien wird meiner Schwester Herz nicht umwandeln.

Dietr. Wer sagt das? Julchen ist ein braves Mädchen, Du kamst zurück, und sie glaubte dem Ziel' ihrer Wünsche um so näher zu seyn.

Mor. Und hatte Rechte

Dietr. Und hatte Unrecht. Denn mein Bruder nährt so seine eignen Grillen. Er will keinem Weibe sein Glück verdanken.

Mor.

Mor. Was heißt das: einem Weibe sein Glück verdanken? Wenn Julchens Besitz ihn zum frohen Manne und Vater macht, verdankt er ihr dann nicht sein Glück?

Dietr. Freilich wohl.

Mor. Also mit andern Worten: er will ihr kein Geld verdanken und das ist schon wieder ein verdammtes Vorurtheil. Wir müssen uns die Hände bieten, ihn davon zurück zu bringen.

Dietr. Wenn Du meynst, daß es frommt.

Mor. Ich will ihm beweisen, daß — wir werden unterbrochen, bleib hier, wir sprechen mehr davon.

Dietr. (umschauend). Aha! der saubere Herr Graf.

Sechster Auftritt.

Graf Stierenbock. Vorige.

Stierenb. (zu seinem Läufer). Der Fürst kann warten (hervortretend). Auch Lieb' und Freundschaft haben ihre Rechte. Nicht wahr mein theurer Freund Eldingen? Ich fliehe zu Ihnen, der Fürst will ausfahren, er hat sich's in den Kopf gesetzt mich mitzunehmen, ich soll ihm etwas angenehmes vorplaudern — ich? — bin ich im Stande einen Fürsten zu unterhalten? mit meinen Empfindungen? mit meiner Art zu denken? Du bist krank, sagte der Fürst neulich zu mir, du bist hypochonder, du mußt reisen, und da hatte er die Gnade mir einen Gesandschaftsposten vorzuschlagen, welchen der Sohn unsers Ministers neulich vergebens

bri-

briguirt hat; — aber — Ew. Durchl. verzeihen, war meine Antwort: mich fesselt das Vaterland und dann der Hof, die Politik ist nicht die Sphäre in der ich zu glänzen wünsche. Zu glänzen? nein, ich will gar nicht glänzen. Das Glänzende ist nicht immer das Bessere, nicht wahr mein liebenswürdiger Freund? Und dann, man muß Talente haben, man muß Kopf haben, ich habe nun einmal mehr Herz als Kopf. Mich schuf die Natur für die stillen häuslichen Freuden. Ein Mann wie Sie, mein lieber Elbingen, gereist, ausgebildet, beraubt den Staat, wenn er sich in die Einsamkeit begräbt. Apropos! Ich habe diesen Mittag bei dem Minister der auswärtigen Affairen gespeißt, werden Sie mir verzeihen, wenn ich zu voreilig gewesen? Meine Freundschaft riß mich fort. Der Minister sprach von einem gewissen epineusen Posten in — unter uns — (er flüstert ihm ein Wort ins Ohr). Wir waren nach der Tafel in seinem Cabinet. Lieber Graf, sagte er zu mir: Sie kennen unsre Verhältnisse mit diesem Hofe, unsere Ansprüche und den Kaltsinn, der seit einiger Zeit um sich greift, wir müssen einen Mann dahin schicken, der, wie man zu sagen pflegt, das Terrain sondire, einen Mann von ausgebildeten Kenntnissen, von feiner Lebensart, kurz, Sie verstehn mich, Sie sind ein Menschenkenner, schlagen Sie mir einen solchen vor. Verzeihung liebster Freund! Ihr Name entschlüpfte meinen Lippen. Der Minister stutzte, er kannte Sie nicht, ich entwarf ihm Ihr Bild. Die Freundschaft führte den Pinsel, und er versprach mit dem

Fürs

Fürsten zu reden. Das will auch ich, verlassen Sie sich darauf, und mein Credit ist nicht zweideutig. Ich bitte selten, und wer selten bittet, dem schlägt man selten ab. Aber a propos mein Theuerster! wie ist's mit Julchen? Mein Herz ist so voll von Ihr, ich kann an nichts anders denken, von nichts anderm reden, als von Ihr.

Mor. Das thut mir leid, denn Julchen will und soll den Grafen Stierenbock nicht heirathen.

Graf. Sie will nicht? Sie soll nicht? Wie versteh' ich das?

Mor. Wörtlich, wenn es beliebt. Sie will nicht, weil ihr Kopf, Sie soll nicht, weil ihr Herz es ihr verbietet.

Graf. Ihr Herz? — Aha! da hat meine Schüchternheit mir einen verzweifelten Streich gespielt. Man hat mich supplantirt? Man ist mir zuvor gekommen? Glücklicher Rival! ich kann nichts thun, als ihn beneiden und schweigen. Darf man seinen Namen wissen? Ist er von Stande? Daß nur kein Unwürdiger diesen Schatz mir raubt! sie kennt mich nicht, sie kennt nicht dieses Herz, dem kein Opfer zu groß war, um Julien zu besitzen. Man hat mich aufgezogen, man hat mir das Alter meiner Familie vorgerückt, deren Wappen schon vor 700 Jahren in Turnieren bekannt war, und deren Namen, seit man die albernen Turniere abgeschafft, in den Domkapiteln prangt. Schweigt! hab' ich gesagt: was mir der Zufall gab, soll die Liebe mir nicht anrechnen. Julchens Gemahl ist der schöne Titel, um den ich

alle

alle übrigen verschmähe. Dann hat man mit der Ungnade des Fürsten mir gedroht, weil der Fürst einst andere, sehr gnädige Absichten mit mir hatte; aber hat man mein Herz um Rath gefragt? Ich bin erst Mensch, dann Graf. Wer so wie ich denkt und empfindet, dem wiegt Julchens Liebe wohl auch die Gnade eines Fürsten auf. Sehn Sie, liebster Freund, das hab' ich gesagt.

Mor. Solche Grundsätze sind immer schön, auch wenn man seinen Zweck nicht erreicht.

Graf. Freilich — ja — man muß sich eine raison machen von Dingen, die nicht zu ändern sind. Meine Gesinnungen gegen Sie, mein theuerster Freund, werden immer dieselben bleiben, wenn ich Ihnen jemals in irgend etwas dienen kann, so befehlen Sie über mich. A propos — weil ich doch einmal hier bin — zwar der Hofrath Müller hat mir schon versprochen — auch sein Bruder der Kriegsrath — aber man trifft die Leute selten des Nachmittags zu Hause — und die Sache hat Eile. Sie könnten mir eine kleine Gefälligkeit erzeigen —

Mor. Sehr gern! nur geschwind.

Graf. Baron Winter verkauft die schöne Herrschaft Wintershagen, kennen Sie sie? um ein Spottgeld um 30,000 Thaler. Der Mensch hat gespielt, ist heruntergekommen, da wäre ein Coup zu machen. Wir sind schon so gut als einig, diesen Abend soll bei einer Flasche Wein der Contrakt abgeschlossen werden. Einige Monate früher hatte ich Geld genug liegen, ich war sogar verlegen damit, es sicher unter zu bringen. Einige Monate später

wird es eben so seyn, aber gerade jetzt bin ich nicht
bei Casse. Ich wende mich an Sie, mein bester
Freund, denn ich beleidige meine Freunde nicht gern
durch Mißtrauen oder Zurückhaltung. Sie werden
so gut seyn, mir 10,000 Dukaten auf einen Sola-
Wechsel vorzustrecken.

Mor. Ich verborge nie Geld.
Graf. Nicht? Was thun Sie denn damit?
Mor. Ich verzehre es.
Graf. Und wenn es zu Ende ist?
Mor. (lächelnd). Dann spiele ich Faro.
Graf. Und wenn Sie verlieren?
Mor. Dann heirathe ich ein reiches Mädchen.
Graf. Sie scherzen, oder Sie sind heute nicht
bei Laune. Ich werde Morgen wieder vorsprechen
und Ihnen die Dokumente von meinen Gütern mit-
bringen. Sicherheit, Hypothek, Pfand, Alles,
Alles wie Sie es nur immer haben wollen. A re-
voir mein süßer Freund! (er umarmt ihn). Ich
trenne mich ungern von Ihnen, so sehr hab' ich
mich schon on Ihren geistreichen Umgang gewöhnt.
(er will fort).

Dietr. (der während des vorhergehenden seine
Schlaghandschuh angezogen und auf verschiedene Weise
seine Ungeduld zu erkennen gegeben, ihm in den Weg
tretend). Halt Herr Graf! wir haben auch noch
ein paar Worte mit einander zu reden.

Graf. (mißt ihn mit den Augen, und stellt sich,
als ob er ihn plötzlich erkenne). Ah! mein lieber
Freund, der Lieutenant von Moll. Endlich seh'
ich Sie wieder! böser Mann! muß ich Sie am drit-
ten

ten Orte finden? Hab' ich Sie nicht gebeten, mein Haus als das Ihrige zu betrachten? Bleibt Ihr Couvert nicht immer leer an meiner Tafel? Bessern Sie sich, oder ich belange Sie vor dem Richterstuhl der Freundschaft (er will fort).

(Dietr. (ihn beim Arm fassend). Potz Redensarten und kein Ende! Nur zwei Worte Herr Graf! der Fürst wird wohl die Gnade haben noch ein Augenblickchen zu warten. Es hat Ihnen diesen Morgen beliebt meinem Bruder ein paar Sottisen zu sagen; es wird Ihnen daher diesen Nachmittag belieben, ein paar Kugeln mit mir zu wechseln (indem er ein paar Pistolen aus der Tasche zieht).

Graf. (der seinen Schrecken, so gut es gehen will, hinter ein Lächeln verbirgt). Allerliebst! immer gutes Muthes, immer froher Laune. Sehn Sie lieber Eldingen, da muß man ein Beispiel nehmen. Der brave Mann hat Unglück gehabt, viel Unglück, er hat mit Ehre gedient, ich sage Ihnen, er hat seinem Regiment Ehre gemacht. Und was hat er davon? Lieber Gott! die feile Fortuna buhlt mit dem Glücke und selten mit dem Verdienst. Trotz alles dessen ist er der beste Gesellschafter, immer guter Dinge, il a toujours le mot pour rire. Ich bin in Verzweiflung meine süßen Freunde, daß die Zeit mir nicht erlaubt, in diesem kleinen traulichen Zirkel, an diesem herrlichen Frühlingstage, noch länger den wahren Genuß des Lebens mit Ihnen zu theilen. Aber der lästige Dienst — (er will fort).

Dietr. (ihn haltend). Donner und Wetter! Herr! glauben Sie die Ehre meines Bruders, sey mir

mir für ein paar Schmeicheleien feil? Ich will Satisfaction haben. Wählen Sie eine von diesen Pistolen; oder wollen Sie lieber auf den Degen, so ziehen Sie Ihren Froschspieß; denn ungeschlagen kommen Sie bei meiner armen Seele hier nicht davon.

Graf. Die Ehre Ihres Herrn Bruders? Lieber bester Herr Lieutenant, hier herrscht ein Mißverständniß. Ich bin der wärmste Freund des Herrn Assessors von Moll, wir sind sogar verwandt mit einander, meine Urgroßtante war eine leibliche Cousine von dem Baron Hammer, dessen Stiefbruder eine geborne von Moll zur Gemahlin hatte. Fragen Sie den Präsidenten Grafen Sorr, wie ich noch neulich von Ihrem Herrn Bruder gesprochen, fragen Sie die Hofdame Ihrer Durchlauchten, die Baronesse Werbing was ich noch gestern von ihm gesagt —

Dietr. Das gilt mir gleich. Ich weiß, was Ihnen heute zu sagen beliebt hat, und also ohne weitere Umstände — (er reicht ihm eine Pistole).

Graf. Heute? mein Gott! sollte mir im Feuer eines freundschaftlichen Gesprächs irgend ein Wort entschlüpft seyn — aber nein, das ist nicht möglich! ein Irrthum lieber Herr Lieutenant, ein bloßer Irrthum, und ein solches quid pro quo sollte mich verleiten, meinen Degen gegen einen Mann zu ziehen, den ich wegen seiner Verdienste und wegen seines liebenswürdigen Charakters persönlich hochachte? Nimmermehr! Wenn ich auch die Warnung vergessen könnte, welche mir der Fürst gab als ich vor einigen Jahren das Unglück hatte, den Ritter Cederholm im Zweikampf zu tödten, hier hält mich nicht Fürstendrohung mich ab, hier ist es Freundschaft, ungeheuchelte Zuneigung, welche meinen Arm lähmt. Ich fliege zu Ihrem Herrn Bruder, ich drücke ihn an mein Herz, und wir ersäufen allen Groll in einer Flasche Champagner (Dietrich will ihn halten, aber er entschlüpft ihm).

Siebenter Auftritt.

Moritz. Dietrich.

Dietr. (der ihm nach will). Verdammter Windbeutel!

Mor. Laß ihn laufen, es ist nicht der Mühe werth, daß Du auch nur einen Splitter aus Deiner Krücke drum abnutzest.

Dietr. Ich denke Bruder Elbingen, ich schlage ihm lieber die ganze Krücke auf dem Kopfe entzwei.

Mor. Und müßtest Dir eine neue kaufen, das kostet mehr als der ganze Graf werth ist. Glaube mir, guter Moll, seine Ehre an einen Narren verlieren und von einem Narren wieder fordern, heißt ein Goldstück emsig im Auskehricht suchen, das man in der Tasche trägt.

Dietr. Du sprichst wie ein Buch, aber die Gesetze der Ehre —

Mor. Werden nicht in hohlen Köpfen ausgeheckt, sie stehen hier ins Herz gegraben und sind die Gesetze der Tugend. Ehre und Tugend sind unzertrennlich, wie Licht und Wärme, doch genug davon! ich habe Eile (er sieht nach der Uhr). Die Viertelstunde ist beinahe schon zur halben geworden. Geh lieber Moll und hohle mir Deinen Bruder. Ich würde mit Dir gehn, aber mein Herz hat hier noch ein Geschäfte abzuthun. Führe ihn in die Arme eines Mannes, der sonst karg mit seiner Freundschaft ist. Verrath ihm nicht, was wir zusammen gesprochen, wir wollen ihm unverhoft einen frohen Abend machen.

Diett. Ja, ja das wollen wir! dem lieben Bruder Wilhelm! Höre Schaz, gieb mir einen Kuß (sie küssen sich) dem Bruder Wilhelm eine Freude machen! Heysa! Du alter Stelzfuß! vorwärts Marsch! (ab).

Achter Auftritt.

Moritz allein.

Es giebt doch viele gute Menschen in der Welt, und die ungebildeten sind größtentheils die besten. Sie singen so natürlich, sie haben nicht nach einer Leyer gelernt. — Welch ein schöner Tag! wenn alles geht, wie es gehn soll. Ich bin eben recht in der Laune glückliche Menschen zu machen, denn ich bin froh und leicht, wie ein zehnjähriger Knabe, der nichts denkt, als: heute! heute! und nichts fühlt, als daß er lebt und gesund ist. — Aber Marie — aufkeimende Liebe und Frohsinn, man nennt das Widerspruch? O nein! nein! Marie hat diesem Herzen gegeben, was ihm mangelte.

G 5   Es

Es suchte und wußte nicht was; es darbte und prahlte mit Ueberfluß; es hieng an der Freundschaft, wie das Auge des nächtlichen Schwärmers am Monde — es fror — die Sonne gieng auf — o wie ist mir so warm geworden! —

Neunter Auftritt.

Marie mit einem kleinen Knaben an der Hand.
Moritz.

Mor. (ihr entgegen). Endlich Du Wortbrüchige! sind das deine Viertelstunden? Dafür sollst Du in Zukunft mir Jahre zu Viertelstunden zaubern.

Marie. Ich stand schon lange dort hinter der Hecke — Sie waren nicht allein — und ich wollte mich sammeln — mich vorbereiten — und meine Augen waren so roth —

Mor. Süßes Mädchen! die rothe Wange will ich Dir verzeihen, denn jungfräuliche Schaam röthet die Wange, aber Kummer die Augen. Meine Gattin darf nur fremden Leiden eine Thräne weinen.

Marie. Eines Mannes Edelmuth kann bittere Thränen trocknen, aber eines Mannes Edelmuth ist nicht Allmacht, kann nicht die Vergangenheit vertilgen, noch ihre Spuren wegwischen aus einem zerrissenen Herzen. Ihre Gattin! — Guter, edler Mann! Es war eine Zeit, in der ich mich würdig hielt eines solchen Titels; aber aus jenen süßen Tagen meiner Unschuld, ist nichts mir übrig

übrig geblieben — als der Muth — Ihnen selbst
zu sagen — daß jene Zeit nicht mehr ist! — Dies,
der Knabe — ist mein Sohn! — (Sie kauert sich
zu dem Kinde und schließt es bewegt in ihre Arme.)
Karl! Karl! Deine Mutter hat Dir ein großes
Opfer gebracht! um dieses Opfers willen darfst
Du einst mir nicht fluchen, daß ich in einer schwachen Stunde Dir ein ehrloses Daseyn gab! (sie
richtet sich auf) Leben Sie wohl mein Herr! mein
Dank und mein Seegen schwimmen in dieser Thräne. Ich bin Ihnen viel schuldig. Sie haben meine Seele wieder empor gehoben. Sie haben mir
Anlaß gegeben zu fühlen, daß ich noch nicht ganz
nichtswürdig bin. Ja mein Herr, ich will es
Ihnen gern bekennen, ich war so niedergebeugt,
daß ich mich kaum getrauete zu Gott zu beten:
denn was hatte ich sonst, um meine Schuld aus-
zusöhnen, als Worte. Das Opfer, das ich heute
der Tugend bringe, giebt mir wieder einen leisen
Anspruch auf meine eigne Hochachtung. Ich danke Ihnen mein Herr! Sie haben eine Elende gerettet! denn wer ist elender als der, der sich selbst
verachtet! Das Andenken an die verflossene Stunde, wird mir noch manches Jahr meines Lebens
versüßen, ich werde wieder freudig zu Gott beten!
und in jedem meiner Gebete wird Ihr Name meinen Lippen entschweben. — Leben Sie wohl! (sie
will gehen).

Mor. (ergreift sie hastig bei der Hand) Halt!
(nach einer kleinen Pause zieht er das Kind zu sich).
Wo ist dein Vater Kleiner?

Das

Das Kind. Er ist gestorben.

Mor. (hebt den Knaben in die Höhe). Ich bin Dein Vater, kleiner Narr!

Marie. Gott!

Mor. (von dem Kinde ablassend zu Marien) Du wirfst mir da schon wieder ein Vorurtheil in den Weg, und ich — ich stolpere nicht. Sieh diesen Diamanten (ihr seinen Ring zeigend) er ist schön, vom reinsten Wasser, er ist mein! ich bin nicht der erste, der ihn besaß, aber wills Gott! ich werde der lezte seyn, er soll mit mir begraben werden, und da macht mir sein Besitz eben so viel Freude, als hätte ich ihn selbst aus den Minen von Golconda hervorgehohlt. (Ihre Hand mit Herzlichkeit angreifend) Mädgen! ich fühle, daß Du mich glüklich machen wirst, so wie Du da vor mir stehst. Du sprichst von einer Zeit, in welcher Du besser gewesen, als jezt? Und ich, ich sage Dir, Du bist jezt besser als damals. Deine Unschuld war Unwissenheit, Gewohnheit. Du warst gut, weil man Dir gesagt hatte, man müsse gut seyn. Jezt weißt Du, warum Du gut bist, jezt bist Du tugendhaft! und ich sollte das Glück meines Lebens einer Grille opfern? Ich sollte eine Rose nicht brechen, weil ein Schmetterling einen Augenblik lang mit ihr buhlte? — Was Du einst warst, darnach hab ich kein Recht zu fragen. Ich weiß was Du jezt bist, und was Du mir seyn wirst. Frägst Du mich doch auch nicht, ob ich immer ein sittsamer Jüngling gewesen, ohne alle Liebelei? und in meinen Augen haben beide Geschlechter glei‐
che

che Rechte. Schlag ein Mädgen! heute fängt ein neues Leben an! Die Gegenwart ist heiter, die Zukunft lacht, die Vergangenheit liegt hinter uns, wie eine Regenwolke, welche der Wind über uns hin jagte. Hänge nicht schwärmerisch an Deinem Kummer? gedenke Deiner Leiden nur mit dem frohen Gefühl, daß sie überstanden sind, was in Zukunft Dich betrübt, das theile ich redlich mit Dir.

Marie. (heftig erschüttert, versucht umsonst zu sprechen, sie drückt ihren Dank durch Geberden aus, sie schließt den Knaben in ihre Arme, blickt sanft und zärtlich an Moritz hinauf, die Worte stammelnd). Und dieses Kind?

Mor. Ich bin sein Vater, er ist mein Sohn! Die Mutter, welche mir ihn gebar, heist nicht Wollust, sondern Liebe. Die Natur hat mir ihn nicht in einer trunkenen Stunde zum Sohne aufgedrungen, er ist mein Sohn durch meines Herzens Wahl. (Er reicht dem Knaben die Hand.) Komm Kleiner! schlag ein.! (der Knabe thut es, Moritz schüttelt ihm die Hand.) Hier verspreche ich Dir im Angesichte derer, welche den meisten Antheil an Deinem Schicksal nehmen, im Angesichte Gottes und Deiner Mutter, ich will ehrlich und redlich Dein Vater seyn! ich will so väterlich an Dir handeln, daß einst Dein wahrer Vater selbst vor Gottes Throne nicht wagen soll zu sprechen: der Junge ist mein!

Der Knabe. (sein Händchen zurückziehend) Au! Du thust mir weh.

Mor.

Mor. (lächelnd) Er hat mich nicht verstanden. Aber Gott hat mich verstanden und Du — nicht wahr?

Marie. (sehr gerührt) Ich habe!

Mor. Das wäre denn abgethan. Ich bin Dir nicht mehr fremd, und darf nun dreister die Frage an Dich richten: willst Du, süßes Mädgen, meine Gattin werden?

Marie. Ach! Sie verdienen ein ungetheiltes Herz.

Mor. Verdien ich es, so wird mirs auch wohl werden. Was etwa hier und dort an fremden Gegenständen hängen blieb, die Zeit führt es zurück, mit jedem Tage wächst mein Reichthum und selbst dieses Gefühl des Anwachsens ist ein neuer Genuß.

Marie. Ja ich werde Sie lieben! bis jezt kann ich noch nicht: denn Sie waren zu sehr mein Wohlthäter, wir sind einander noch nicht gleich genug. Aber wenn Hochachtung und Dankbarkeit der wahren Liebe erste Nahrung sind — wie ich das selbst in diesem Augenblick zu fühlen glaube — nun dann — ja! —

Mor. (ergreift entzückt ihre Hand). Sprich mir nach: Du —

Marie. (sanft und verschämt) Du —

Mor. Ich liebe Dich —

Marie. Dich —

Mor. Ich bin Dein —

Marie. Dein —

Mor.

Mor. (sie in seine Arme schließend) Mein! — Hieher Kleiner! das schöne Kleeblatt zu füllen. (Er hebt ihn in die Höhe, der Knabe umarmt sie beide.)

Mor. (indem er ihn wieder niedersetzt und Marien losläßt.) Der Knoten ist geschürzt, unauflöslich, doch nur in meinen Augen, in den Deinigen bedarf es noch einer Ceremonie. Komm folge mir, zu einem Prediger.

Marie. Vergönne, daß ich mich erhohle — ich bin so tief erschüttert — ich vermag kaum mich auf den Füßen zu erhalten.

Mor. Geh auf dein Zimmer liebes Weibchen.

Marie. Ach ja — mir ist so enge — ich muß mit Gott reden! (den Knaben ergreifend) Komm Kind! Du sollst neben mir knieen; Dein Lallen und meine Thränen — Gott wird das nicht verschmähen! (sie will gehen, Moritz umarmt sie.)

Mor. Bleibe nicht lange, ja nicht lange!

Zehnter Auftritt.

Omar, der unterdessen aus der Gartenthür getreten. Vorige.

Omar. Glück zu!

Mor. Ha! bist Du da? (er nimmt ihn beim Kopf und küßt ihn mit Heftigkeit) Fühlst Du daß ich glücklich bin?

Omar. Bei meines Vaters Bart! ich fühle es.

Mor. Omar, Du siehst in ihr meine Gattin; Marie, er ist mein Bruder.

Omar.

Omar. (ihr die Hand reichend). Gott segne Dich schönes Mädgen! laß uns Freunde seyn! — Aber jezt geh hinein, die alte Tante keift, sie hat schon zwanzigmal nach Dir gefragt, sie schilt und hustet um die Wette.

Mor. Sey unbesorgt, geh auf Dein Zimmer. Ich will indessen der alten Tante so wunderbare Dinge erzählen, daß ihr das Husten und Schelten darüber vergehen soll. Du Omar denk an meinen Plan, mag Dich reisefertig, wir steuern nach den Pelew-Inseln.

(Moritz und Marie mit dem Knaben ab.)

Eilfter Auftritt.

Omar allein.

Nach den Pelew-Inseln? Und euer Steuermann ist die Liebe? Nein, Omars trübe Laune stimmt nicht zu eurer Fröhlichkeit. Ich will zurück zu meinem alten Vater! Ich war ein Thor, daß ich von ihm gieng. Dort galt ich unsern gnügsamen Dirnen für einen wohlgemachten Araber; hier ist mein Gesicht zu gelb, zu braun, zu wild, zu trotzig. Dort gab man mir den Ruhm eines geschickten Jünglings: denn ich saß trefflich zu Pferde und wußte auch ein paar Sprüche aus dem Koran; hier lacht man über meine Dummheit, denn ich kann nicht einmal tanzen und weiß nichts — als daß ich liebe! — Ja ich will zurück! wenn es nicht zu spät ist — ach! es ist zu spät! Milch trinken, Datteln essen, mich in Lumpen kleiden

kleiden, und unter Zelten wohnen, das wollt ich gern; aber mein Kopf! mein Kopf! ich denke nicht mehr arabisch (mit der Hand vor der Stirne) da sizt kalter grübelnder Norden, und alle Wärme, die ich aus Süden mitbrachte, ist heruntergesunken in mein Herz. (Einen Blick auf den Baum werfend, in welchen er Nettchens Namen schnizt) Ha! meine Arbeit ist noch nicht vollendet. (indem er hingeht und fortfährt zu schneiden) Du guter Baum! in zwanzig Jahren wird dieser Name mit deiner Rinde noch nicht so innig verwachsen seyn, als er in wenig Monden in dieses Herz sich grub.

Zwölfter Auftritt.

Nettchen (schleicht herbei, sieht ohnbemerkt was Omar schaft, und stüzt dann ihren Ellenbogen gedankenvoll auf das Piedestal der Diana).

Omar. (nachdem er sein Werk vollendet, blickt zärtlich drauf) Ach Nettchen!

Nettchen. (tragikomisch) Ach Omar!

Omar. (erschrickt, läßt das Messer fallen, fliegt auf sie zu und ergreift ihre Hand) Wem galt dieses Ach!

Nettchen. Mir selbst.

Omar. Du nanntest mich.

Nettchen. Du nanntest mich.

Omar. Weil ich Dich liebe.

Nettchen. Weil ich keinen Mann lieben will.

Omar. Warum nicht?

Nettchen. Weil ihr alle nichts taugt.

H   Omar.

Omar. (herzlich) Ich bin ein guter Mensch.

Nettchen. Das seyd ihr alle, so lange ihr nur wünscht und begehrt.

Omar. Du thust mir Unrecht.

Nettchen. Ei freilich!

Omar. Ich werde Dich immer so lieb haben.

Nettchen. Du sollst mich nicht lieb haben.

Omar. Ich muß.

Nettchen. Wer zwingt Dich?

Omar. Warum verfolgst Du mich überall? Ich sehe Dich, oder ich sehe Dich nicht, das gilt gleichviel. Ich schweife mit meinen Gedanken unter dem heitern Himmel Egyptens, ich lustwandle an den Ufern des Nils, überall Deine Gestalt; ich suche das Zelt meines Vaters, Du sitzest am Eingange! ich verirre mich unter den Ruinen von Balbeck, Du stehst hinter jeder abgebrochenen Säule.

Nettchen. Du bist ein Narr!

Omar. (seufzend) Jawohl!

Nettchen. Was soll man mit Dir anfangen?

Omar. Mich wieder klug machen.

Nettchen. Nein, guter Freund! wir mögen euch gerne zu Narren machen, denn eure Klugheit ist uns lästig.

Omar. Ich will Dir nicht mehr lästig seyn, auch nicht durch meine Narrheit. Ich will zurück in die Hütte meines Vaters. Schiffer Thoms wird in wenig Tagen absegeln, er soll mich mitnehmen. Aber glaube mir Nettchen, wenn ich fort seyn werde, wirst Du gewiß noch manchmal sagen: der Omar war doch ein guter Mensch!

Nett-

Nettchen. Ei ja doch! Ein Mädgen! denkt dergleichen nur.

Omar. Leb wohl!

Nettchen. Bist Du toll?

Omar. Es ist beschlossen, ich reise! Du wirst mich niemals wiederſehn! und ſo könnteſt Du mir wohl einen Kuß geben.

Nettchen. Seht doch! den impertinenten Menſchen!

Omar. Wie leicht vergißt ein Mädchen einen Kuß! mir aber wird er ſüße Nahrung ſeyn, bis in meine Heimath.

Nettchen. Hätte ich doch nicht geglaubt, daß ein Kuß ſo nahrhaft wäre.

Omar. (etwas bitter). Spott hab ich nicht verdient! (er dreht ſich um und will gehen).

Nettchen. Bleib! bleib — bleib junger Menſch! — reiſen willſt Du? Haſt Du mich um Erlaubniß gefragt?

Omar. Du jagſt mich fort.

Nettchen. Nein! Nein! ich befehle Dir zu bleiben.

Omar. Nun ſo willſt Du mich martern, wie ein Knabe der einen Käfer an einen Faden gebunden hat.

Nettchen. Dazu ſeyd ihr geſchaffen, ſtrebe Deinem Berufe nicht entgegen.

Omar. Ich wollte gern alles leiden, wenn ich nur einſt, wär' es auch erſt in ferner Zukunft, Erſatz hoffen dürfte.

Nettchen. Das heißt: wenn Du mich einst wieder martern dürftest?

Omar. Wenn Du geliebt werden, eine Marter nennst?

Nettchen. Wie der braune Bube schwatzt, als: habe er alle unsere Romane gelesen.

Omar. (knieend). Liebes Nettchen!

Nettchen. Nun ja, das fehlte noch.

Omar. Ich weiß nicht, ob das, was ich sage in Romanen steht; aber wahrlich! es steht in meinem Herzen.

Nettchen (ihn halb zärtlich anblickend). Und dabei sieht er aus, als ob es wahr wäre.

Omar. Es ist wahr.

Nettchen (zu der Bildsäule). Keusche Diana! schütze mich! — steh auf junger Mensch! siehst Du nicht, daß dort alle Augenblicke Leute vorübergehn? Ein europäisches Mädchen darf keinen Araber unter freiem Himmel vor sich knien lassen.

Omar (aufstehend). Aber quälen darf sie ihn?

Nettchen. Sey vernünftig! was willst Du von mir?

Omar. Ich will Dich heirathen.

Nettchen. Dacht' ich's doch, gleich sind sie mit dem Heirathen fertig. Aber ich erschrecke vor dem Worte.

Omar. Die Sache ist so leicht.

Nettchen (auf Dianen zeigend). Und ich habe dieser versprochen (mit einem komischen Seufzer) in ihrem Dienste grau zu werden. Diese Guirlande habe ich mit eigner Hand gewunden, mit eigner Hand

Hand zum Opfer ihr gebracht. Diese Rosen sind ein Symbol meiner Jungfräulichkeit.

Omar. Laß ihr das Symbol, ich bin mit dem übrigen zufrieden.

Nettchen. Ein frommer, gnügsamer Mensch!

Omar. Und Deiner trotzigen Diana stehn die Rosen nicht einmal gut. Sie würden dem schalkhaften Amor dort weit besser kleiden.

Nettchen. Meynst Du?

Omar. Laß uns das versuchen. (Er reißt plötzlich Dianen die Guirlande ab, und fliegt damit hinüber zu Amors Bildsäule).

Nettchen (mit komischem Zorn). Verwegner Bube!

Omar (hat geschwind das äußerste Ende der Guirlande an Amors Hand befestigt, mit dem andern Ende in der Hand, eilt er wieder zu Nettchen, zieht sie mit sanfter Gewalt zu sich, schlingt seinen Arm fest um sie, dreht sich mit ihr, und wickelt sich so sammt ihr in die Guirlande). Du wirst mein seyn! ja ich lese es in Deinen lieben schwarzen Augen, trotz Deinem Muthwillen! Du bist mein!

Nettchen (sich sanf sträubend). Ich will mir die verdammten Plauderer auskratzen!

Omar (küßt sie feurig). Du bist mein?

Nettchen (ihn zärtlich anblickend und ihm endlich um den Hals fallend) Ach ja! (Pause).

Omar (entzückt). Du hast mich zum Gott erhoben! — Nun weg mit diesen Fesseln! (er wickelt die Guirlande los). Auch nicht einmal Blumen sollen Dich binden, nur meine Liebe! nur mein Herz!

Herz! Dir allgewaltiger Göttersohn! Dir diese Rosen! er umwindet den Amor damit).

Nettchen. (ihm zusehend nach einer Pause).

Qui que tu sois, voila ton maître!
Il l'est, il le fut, ou il doit l'etre.

Dreizehnter Auftritt.
Julchen. Vorige.

Nettchen. Ach Julchen!

Julchen. Was hast Du?

Nettchen. Ich hatte einen Liebhaber, und nun hab' ich einen Mann!

Julchen. Ernst oder Scherz?

Nettchen. Siehst Du denn nicht an meiner Ehstandsmiene, daß es der bitterste Ernst ist?

Omar. Wünsche mir Glück, Schwesterchen, Glück zum schönen Siege.

Julchen. Von ganzer Seele! (Sie umarmt Nettchen).

Nettchen. Und wenn Du mich lieb hast, so gehe hin und thue ein gleiches: denn nichts ist verdrüßlicher, als gefangen seyn, und die andern in Freiheit draußen herum spatzieren sehen.

Julchen. Soll ich mir ihn erbetteln, den trotzigen Mann, der um meines Goldes willen mich verschmäht? Ach Nettchen! ich fürchte sein Stolz ist stärker als seine Liebe.

Nettchen. Nicht doch. Sein Stolz hat nur das Zimmer verschlossen, in welchem seine Liebe brennt; aber das hilft ihm nichts, über lang oder kurz

kurz schlägt die Flamme zu allen Fenstern heraus. (zu Omar, der unterdessen ihre Hand geliebkost). Nun, junger Mensch, esse er meine Hand nicht auf.

Julchen (sich umsehend). Ach Nettchen!

Nettchen. Was giebt?

Julchen. Er kömmt.

Nettchen. Ach das große Unglück!

Julchen. Verlaß mich nicht!

Nettchen. Will er dich entführen?

Julchen. Verbirg meinen Trübsinn hinter Deine gute Laune, rede, lache, scherze, damit er nicht merke, wie weh mir ums Herz ist.

Nettchen. Warum soll er es denn nicht merken?

Julchen. Ei, ich will ihm seinen Stolz vergelten.

Nettchen. Bravo! à ce trait je reconnois mon sang.

Vierzehnter Auftritt.

Wilhelm und Dietrich von Moll. Die Vorigen. (wechselseitige Verbeugungen).

Nettchen. Willkommen meine Herrn!

Dietr. Wir glaubten Ihren Herrn Bruder hier zu finden.

Nettchen. Und wurden sehr angenehm getäuscht, nicht wahr? denn Sie finden uns.

Dietr. Ei freilich — das — das versteht sich.

Nettchen. Lieber Herr Lieutenant, Ihnen nehme ich es nicht übel, wenn ein hübsches Mädchen

chen Ihnen eine Galanterie mit der Zange, aus dem Munde hohlen muß: denn der Generalmarsch verträgt sich schlecht mit dem süßen Hofgelispel; aber Ihr Herr Bruder —

Dietr. Der ist krank.

Julchen (schnell). Krank? Was fehlt ihm?

Nettchen. Ein Schnupftuch, ihm die Thräne wegzuwischen, die da an seiner blonden Augenwimper hängt. Leih ihm deine Hand Schwesterchen.

Wilhelm (verlegen). Verzeihen Sie — ich weiß nicht lieber Bruder — ich bin ganz gesund —

Dietr. Das ist gelogen Herr Bruder! Urtheilen Sie selbst. Ich komme nach Hause und habe ihm viel und mancherlei zu erzählen. Ich hebe meinen Spruch an; er sieht mir starr in die Augen. Ich rede eine Viertelstunde lang, und als ich fertig bin, hat er nicht ein Wort verstanden.

Nettchen. Das ist die Starrsucht, eine bedenkliche Erscheinung der Seele. Aber meine arme Schwester ist doch noch weit schlimmer daran.

Wilh. (schnell). Wie so? Was fehlt ihr?

Nettchen. Sie leidet an den edlen Lebenstheilen. Vor wenig Minuten stößt ihr ein Fall auf, wo man das Herz brauchen muß, sie sucht es, und, stellen Sie sich vor, es ist fort! fort über alle Berge!

Julchen (schmerzhaft lächelnd). Nettchen! quäle mich nicht!

Nettchen. Ein Schmetterling trägt es auf seinem Flügel bis auf die nächste Rose, dort schüttelt er es ab und läßt es unter die Dornen fallen.

Wilh.

Wilh. Wollen auch Sie mir den Sieg der Vernunft erschweren?

Nettchen (macht einen tiefen Knir): Das ist für die Frau Vernunft, und das für die Liebe! (Sie umarmt Onkar).

Dietr. Bravo! Das ist ein schmuckes Ding. Ich glaube, daß man an ihrer Hand durchs Leben marschieren kann, ohne auch nur ein einzigesmal Rasttag zu halten.

Nettchen. Ei Herr Kriegsmann! Sie fangen an aufzuthauen.

Dietr. Wahrlich ich merke, beinahe, daß es noch andere Arten von Feuer giebt, als Kanonenfeuer. Aber Basta! der junge freundliche Mann dort hat Sie redlich erbeutet. Und, wäre auch das nicht — mein Stelzfuß! — ach du lieber Gott! mein Stelzfuß! —

Funfzehnter Aufftritt.

Morit. Marie. Die alte Tante und die Vorigen.

Tante (hustend). Wenn es nur nicht schon zu übl ist.

Nettchen. Ach, nein! wir schwitzen hier alle.

Mor. (u. Dietr.) Habe Dank, Bruder Moll, daß Du Wort gehalten.

Dietr. Ich halte immer Wort.

Mor. (zu Wilhelm) Lieber junger Mann, ich bitte um Deine Freundschaft. Hat mein übereiltes Urtheil Dir diesen Morgen weh gethan, so thut mirs herzlich leid. Man stößt so selten in der Welt

auf

auf einen Menschen und man sieht es ihm so selten an der Nase an, daß er ein Mensch ist. Dein Bruder hat das Räthsel mir gelößt. Du würdest mich hart strafen, wenn Du einen Groll gegen mich behieltest.

Wilh. Wie Bruder, Du hast geplaudert?

Dietr. Freilich, zum Teufel! das hab' ich. Ich sollte wohl gelassen zusehn, wie man auf Deine Ehre mit vergifteten Pfeilen schoß?

Mor. Du liebst meine Schwester, Julchen liebt Dich, ihr wart einig, mein Gold hat euch getrennt, das muß es nicht. Mag es immerhin Grille seyn, es ist eine stolze, schöne Grille, und ich ehre sie. Julchen ist arm, bettelarm, von mir bekommt sie nicht einen Heller.

Wilh. (fliegt auf Julchen zu). Julchen!

Julchen (in seinen Armen). Böser, stolzer, lieber Wilhelm.

Tante. Wartet doch Kinder! ei mein Gott! so wartet doch! (sie trippelt zwischen beide) Ich muß ja wohl Mutterstelle vertreten. Ich gebe euch meinen Seegen. Ich bin mit dieser Verbindung recht wohl zufrieden: denn seine Herkunft ist untadelhaft.

Nettchen. Aber liebe Tante, Julchen frägt ja nicht, wo er hergekommen ist? Wenn er nur da ist.

Tante. Schweig, wenn das wäre, so müßten ja alle Menschen gleich seyn: denn alle Menschen sind da. (Sie hustet). Wie absurd!

Wilh. (umarmt Moritz). Mein Bruder!

Mor. Keinen Groll mehr!

Wilh. Herzliche, brüderliche Freundschaft!

Mor.

Mor. Nun dann — der Freund durfte Dir nichts anbieten, der Bruder darf schon eher ein Wort sprechen (ihn vertraulich an sich ziehend). Wenn es Dir einmal an Gelde mangelt — nicht wahr? —

Wilh. Ja, ja.

Dietr. (ist herzlich bewegt, hinkt zu Wilhelm, zu Julchen und zu Moritz, schüttelt ihnen schweigend die Hände und dreht sich dann in eine Ecke, wo er sich die Thränen trocknet).

Nettchen. Nunmehro Eins wäre abgethan. Bruder Moritz, komm doch ein bißchen näher!

Mor. Was willst Du?

Nettchen. Siehst Du mir nichts an?

Mor. Du siehst trübselig aus.

Nettchen. Siehst Du nicht, daß Omar und ich unsere Gesichter getauscht haben?

Mor. (sie einen Augenblick wechselsweise betrachtend). Ist es richtig?

Nettchen. (Mit einem komischen Seufzer). Es ist richtig!

Mor. Nettchen, Du machst mir da eine große Freude. Gott seegne euch! (Er schließt sie beide zugleich in seine Arme).

Tante. Wartet doch Kinder! ei mein Gott! so wartet doch! (sie trippelt zwischen beide). Ich muß ja wohl Mutterstelle vertretten. — Wie ist mir denn? — Er ist wohl ein recht guter, junger Mensch — aber seine Herkunft —

Mor. O liebe Tante, ich habe Dir ja schon gesagt: sein Vater ist ein arabischer Fürst.

Tante. Ein Fürst? Er trägt ja keinen Orden.

Mor.

Mor. Das Herz macht ihn kenntlicher als der Orden.

Tante. Nun, nun, ich gebe Euch meinen Seegen.

Nettchen (seufzend). Ach: — Numero zwei wäre auch abgethan.

Mor. Aber Nettchen siehst Du mir nichts an?

Nettchen. Du siehst aus wie ein vernünftiger Bruder, der seiner Schwester 10,000 Dukaten schenken will.

Mor. Geschenkt hat. Das bei Seite. Siehst Du sonst nichts?

Tante. Ach! das hätte seine selige Mutter ihm gewiß auch nicht angesehen!

Mor. Liebe Tante, verläumde meine Mutter nicht.

Nettchen. Du machst mich neugierig.

Mor. (umarmt Marie). Siehest Du noch nichts?

Nettchen. (klascht in die Hände). Ah wahrhaftig! ich sehe! ich sehe! Numero Drei! Numero Drei!

Julchen. Unsere Marie?

Tante (stark hustend). Ja, ja unsere Marie.

Julchen (auf Marien zugehend, und sie umarmend). Liebe Schwester.

Nettchen (desgleichen). Nun sind die drei Grazien vollzählig (auch die übrigen drängen sich um Moritz und Marien mit Geberden des Glückwünschens).

Tante.

Tante. So wartet doch Kinder! ei mein Gott! so wartet doch! (Sie trippelt in den Kreis). Ich muß ja wohl Mutterstelle vertreten. Zwar die Herkunft! die Herkunft! — Das hat noch kein Graf von Eldingen gethan!

Wilhelm, Dietrich und Marie (zugleich). Graf?

Mor. Wozu das liebe Tante? Ja meine Freunde ich bin Graf. Mein Vater besaß ansehnliche Güter im Elsaß, er lebte gut, er starb arm und hinterließ uns außer seinem Grafentitel nur Schulden. Wir zogen weg aus der Gegend, wo wir nicht mehr glänzen konnten. Ihr wißt, wie meine Schwestern unter dem Schutz ihrer alten Tante sich lange Jahre mit Händearbeit ernährten. Die Buben kommen leichter durch die Welt. Ich versetzte die goldene Kapsel meines Grafen-Diploms bei einem Juden, um Reisegeld zu bekommen. Ich gieng nach der Levante, und wurde Kaufmann. Der Handel, die Arbeitsamkeit, das Glück, die Freundschaft und auch ein paarmal die Liebe haben mich reich gemacht, der Graf hat nicht ein einziges Mittagsessen für mich bezahlt. Ein afrikanischer Prinz, dessen Zuneigung ich einst in Handlungsgeschäften erwarb, machte mich zum Fürsten des Mondes und der Gestirne, er selbst war unumschränkter Herr der Sonne. Alles das ist eitel Larifari, und wenn ihr mich lieb habt, so laßt mich nie das Wort "Graf„ aus eurem Munde hören. Meine Buben mögen es einmal halten, wie sie wollen (zu Marien). Du aber gutes

tes Mädchen, sollte Moritz Graf von Elbingen Dir lieber seyn, als Moritz schlecht weg?

Marie. (schmiegt sich an ihn).

Tante. Nun, nun, Du bist und bleibst ein wunderlicher Kauz. Kommt her, ich geb' Euch meinen Seegen.

Nettchen. Dank dem Himmel! die drei Grazien sind unter die Haube gebracht.

Mor. Hört Kinder! ich habe einen Entwurf Euch mitzutheilen Wir müssen alle, wie wir da stehen, nur eine Familie ausmachen. Ein Häuflein gute Menschen, die abgesondert von den cultivirten Unwesen das Feld mit eignen Händen bauen, die Früchte unsers Fleisses erndten, ungeneckt von den Gewaltigen im Lande, von Niemanden beneidet, als von den Engeln — eine solche Freistatt bietet uns ein Fleckgen Erde mitten im Ocean, das zu arm ist, um die Haabsucht der Menschen zu reizen. Ein Engländer Wilson hat die Pelewinsel entdekt, dort wohnen gute, unverdorbene Geschöpfe. Ich bin entschlossen, mein ganzes Vermögen in Nothwendigkeiten des Lebens zu verwandeln, die will ich auf einige Schiffe laden, und dort mich häuslich niederlassen. Wollt ihr mitziehen?.

Julchen. Geht Wilhelm mit?

Nettchen. Geht Omar mit?

Dietr. Niemand frägt: geht Dietrich mit?

Alle. Ja, wir gehen alle mit.

Nettchen. Paar und Paar, wie in die Arche Noa.

Dietr.

Dietr. Mich ausgenommen, ich bringe nicht einmal ein paar Beine mit.

Nettchen. (leise). Heirathen Sie die alte Tante.

Dietr. Gehorsamer Diener! lieber werde ich Schulmeister auf den Pelew=Inseln.

Wilh. (zu Moritz). Du hast diesen Entwurf mir aus der Seele gestohlen. Schon lange waren die leidigen Verhältnisse mir zuwider. Cultivons notre Champ! sagt Candide.

Mor. Und hatte Recht.

Alle. Er hatte Recht.

Sechszehnter Auftritt.

Schiffer Thoms. Die Vorigen.

Thoms. Heysa! das geht hier lustig zu.

Mor. Gut, daß Du kommst, ehrlicher Thoms. Hast Du jemals von den Pelew=Inseln gehört?

Thoms Das ist da, wo die Antelope Schiffbruch litt? Was sollt ich nicht?

Mor. Willst Du uns wohl dahin steuern?

Thoms. Ist was dabei zu verdienen?

Mor. Ei freilich.

Thoms. Je nun, so steure ich Euch nach Lappland und Spitzbergen.

Tante. Aber Kinder, ihr bedenkt nicht, ich mit meinem Husten.

Nettchen. Liebe Tante, dort ist ein vortreffliches Klima für alle Lungensüchtigen.

Tante. Je nun, wenn Ihr meynt.

Mor.

Mor. O wie glücklich werden wir! o wie glücklich werden unsre Kinder seyn!

Thoms. Ist es denn Ernst mit der Geschichte?

Wilh. Ganzer Ernst.

Thoms. So laß ich meinen Bruder nach der Levante segeln und gebe Euch mein neues Schiff, welches Morgen vom Stapel laufen wird. Ihr mögt es taufen.

Moritz. Wie soll es heissen?

Julchen. Bruder Moritz.

Alle. Vivat! Es lebe Bruder Moritz! (sie schwenken die Hüte, der Vorhang fällt.)

Ende des Stücks.

Nachschrift des Verfassers.

Wenn eine Bühne die Rolle des Grafen Stierenbock nicht sehr gut besetzen kann, so streiche sie lieber den größten Theil der Rolle ganz weg; denn fades Hofgeschwätz ist an und für sich schon langweilig, und kann nur erträglich werden, wenn es sehr gut hergeplappert wird.